Das Vermächtnis
des goldenen Pferdes

Über die Autorin:

Christina Monika Straßberger, geb. 1993, lebt mit ihrem Mann und ihrem Sohn in Bad Feilnbach.

Schon als Kind war sie eine begeisterte Reiterin und viele Jahre selbst Pferdebesitzerin. Sehr früh begann sie Geschichten über ihre Lieblingstiere zu schreiben und träumte davon, ein Buch zu veröffentlichen.

Christina reist gerne in nördliche Länder und lässt dort ihre Geschichten spielen.

Das Vermächtnis
des goldenen Pferdes

Christina Straßberger

Für alle Pferdefreunde

Bibliografische Information der Deutschen Nationalbibliothek: Die
Deutsche Nationalbibliothek verzeichnet diese Publikation in der
Deutschen Nationalbibliografie; detaillierte bibliografische Daten
sind im Internet über http://dnb.dnb.de abrufbar.

Überarbeitete Neuausgabe des 2020 erschienen Originals
Erstausgabe: 2020
Neuausgabe: 2024
© 2020 Christina Straßberger

Herstellung und Verlag: BoD – Books on Demand, Norderstedt
Korrektorat: Johanna Furch | Wortwühlmaus
Cover: Sarah Baumgartner | beeindruckt – Die Grafikwerkstatt

ISBN: 978-3-75836-773-1

Kapitel 1

Ankunft

Panisch blickte das Mädchen über ihre Schulter zurück. Der Reiter auf dem riesigen Schimmel würde sie bald eingeholt haben. Hatte er ihnen aufgelauert? Sie spürte den kräftigen Körper ihres geliebten Pferdes unter sich. Wie oft hatte sie die Ritte auf dem großen Fuchshengst genossen? Doch jetzt trieb sie ihn mit purer Angst vorwärts. Sie klammerte sich verzweifelt an dem jungen Mann fest, der vor ihr auf dem Pferd saß. Viel zu schnell näherten sie sich dem Bach. Dancer war das einzige Pferd im Stall, das überhaupt eine Chance hatte, diesen Bach zu überspringen. Schaffte er es auch im Dämmerlicht und mit zwei Reitern auf seinem Rücken? Noch dazu in dieser halsbrecherischen Geschwindigkeit? Das Mädchen und der junge Mann wussten beide, dass Dancer es schaffen musste, sonst wäre alles verloren. Das Pferd stieß sich kräftig ab und schraubte seinen Körper in die Luft. Bereits bevor sie in das kalte, reißende Wasser stürzten, ahnte das Mädchen, dass es vorbei war. Gemeinsam wurden sie hinab in die tiefe, alles verschlingende Dunkelheit gezogen. Ihre letzten Gedanken galten dem jungen Mann, den sie über alles liebte, und ihrem prachtvollem Pferd Dancer.

Ich erwachte, als unser Auto die lange Allee aus Birkenbäumen hinaufkroch. Was für ein seltsamer Traum das gewesen war. Oben angekommen, passierten wir ein altes Tor, das windschief in den Angeln hing.

Golden Horse Hotel verkündete ein verwittertes Schild daneben. Vater lenkte das Auto auf den gekiesten Hofplatz. Links befanden sich fünf kleine, typisch schwedische, rot-weiße Holzbungalows. In der Mitte standen das riesige Haupthaus und das Hotel, rechts davon das beeindruckende Stallgebäude. Die Stallungen waren aus rotem Ziegelstein erbaut und erinnerten mich ein wenig an den königlichen Hofstall in Stockholm. Das helle Haupthaus in der Mitte bildete einen hübschen Kontrast dazu.

Während ich überwältigt von der Atmosphäre des Anwesens war, hatte meine kleine Schwester Sophie längst ihre Sprache wiedergefunden. „Hier sollen wir wohnen?" Das Entsetzen über diese Tatsache war ihr deutlich anzuhören.

„Traumhaft, oder?" Unsere Mutter drehte sich erwartungsvoll zu ihrem Nachwuchs auf dem Rücksitz um.

Ich lächelte zustimmend, doch Sophie blitzte sie nur wütend an. Sie hatte von Anfang an nicht in diesen abgelegenen Teil des Landes kommen wollen. Klar, auch Sophie hatte sich gefreut, als unsere Eltern eine beachtliche Summe im Lotto gewonnen hatten. Der Hauptgewinn war es nicht gewesen, aber dennoch genug Geld, dass sich für unsere Eltern der Traum von einem eigenen Hotel mit Reitmöglichkeiten erfüllen ließ. Während

Sophie sich bereits als Bewohnerin einer Luxusvilla auf Mallorca gesehen hatte, war ich begeistert von Mamas Idee gewesen, in Schweden zu bleiben und aufs Land hinauszuziehen.

Seit wir klein waren, hatten wir Mädchen an einem Reitstall am Rande von Malmö Reitstunden genommen. Vor einigen Wochen hatte sich endlich unser Traum von eigenen Pferden erfüllt.

Wir waren bei einem Händler gewesen und während Sophie eine hübsche, braun-weiß gescheckte Stute namens Splash ausgesucht hatte, hatte ich nur Augen für eine große Fuchsstute. Golden Duchess war fünf Jahre alt, ziemlich unerfahren und nicht einfach zu reiten. Außerdem war sie relativ teuer gewesen, weil sie einen langen und hervorragenden Stammbaum vorweisen konnte. Mich interessierte das wenig. Ich wollte dieses Pferd unbedingt haben. Schließlich hatten meine Eltern zugestimmt und als frisch gebackene Besitzerin von Chess war ich das glücklichste Mädchen der Welt gewesen. Mit meiner fast vierzehnjährigen Schwester hatte ich viele Ausritte unternommen und häufig in der Reithalle trainiert. Mittlerweile war ich schon unzählige Male von Chess gestürzt, ohne dass meine Eltern davon etwas mitbekommen hatten. Splash dagegen erwies sich als die Ruhe selbst und war ein zuverlässiges Reitpferd.

Längst hatte ich mich damit abgefunden, dass Sophie von der Natur bevorzugt wurde. Wer es nicht wusste, wäre niemals auf die Idee gekommen, dass wir Schwestern waren. Sophie sah aus wie ein blonder, blauäugiger Engel mit Puppengesicht. Von klein auf war sie so hinreißend gewesen, dass sie sich fast alles erlauben konnte und nie jemand böse wurde. Sie war als kleines Kind beim Spielen immer sauber geblieben, sie brachte für gewöhnlich die besseren Noten nach Hause und sie hatte mit dreizehn bereits ihren ersten Freund gehabt.

Ich, Gemma, war fünfzehn und das genaue Gegenteil meiner Schwester. Meine Haare waren fast schwarz und – obwohl sie die gleiche Länge wie Sophies hatten – viel widerspenstiger. Meine Augen waren dunkel, meine Noten ließen meist zu wünschen übrig und ich hatte noch nie einen festen Freund gehabt. Die meisten Leute hielten Sophie für die Ältere, weil sie mit ihrem ganzen Make-up locker als sechzehn durchging. Außerdem achtete sie stets auf ihre Klamotten, während es mir meist völlig egal war, wie ich das Haus verließ. Sogar verschiedene Reitstile hatten wir gewählt. Sophie war eine begeisterte Westernreiterin, ich dagegen bevorzugte die englische Reitweise.

„Gemma?" Meine Schwester hielt ungeduldig die Autotür auf. Umständlich kletterte ich über einige Taschen hinweg aus dem Auto. Meine Knie knickten ein, weil sie auf der langen Autofahrt taub geworden waren.

Sophie grinste. „Blöd, wenn man alt wird, oder?"

Ich verdrehte die Augen. Unser Vater war bereits auf dem Weg Richtung Haupthaus. Er bot mit seiner beachtlichen Körpergröße, den immer zerzausten blonden Haaren und den blauen Augen das klassische Bild eines schwedischen Mannes. Mama, von der ich mein Aussehen geerbt hatte, joggte hinter ihm her. Sophie und ich folgten etwas langsamer und schlüpften durch die Haustür. Neugierig blickte ich umher. Drinnen herrschte eine düstere Stimmung.

„Wie in einem Gruselfilm", stöhnte Sophie. Papa hatte erzählt, dass das Anwesen vor langer Zeit einem Engländer gehört hatte, was den englischen Namen erklärte. „Golden Horse Hotel" beruhte auf einer Legende um ein goldenes Pferd. Ich sah mich in dem großen, dunklen Eingangsbereich um und versuchte mir vorzustellen, wie viel Arbeit nötig wäre, um das Haus in einen freundlichen Ort zu verwandeln. Während ich versuchte, so viel wie möglich von unserem neuen Zuhause wahrzunehmen, gingen wir weiter in unseren Teil des Gebäudes. Die Räume für unsere Familie lagen im Obergeschoss.

„Ihr könnt euch jede ein Zimmer aussuchen", meinte Mama. Alle waren groß und geräumig. Rasch wählte ich einen Raum am Ende des Gangs. Die Zimmer von Sophie und mir hatten jeweils ein eigenes Bad, was mich sehr begeisterte, da meine kleine Schwester immer ewig im Bad brauchte. Außerdem verteilte sie ihre Schminksachen überall und veranstaltete ein Riesenchaos. Was mich weniger erfreute, war die Tatsache, dass es im Bad muffig roch und die Badewanne voller Spinnen in allen Größen war. Schon beim bloßen Gedanken an die Krabbeltiere bekam ich jedes Mal eine Gänsehaut. Sie jetzt in großer Zahl in meiner zukünftigen Wanne zu finden, ließ mir sämtliche Haare zu Berge stehen. Entgegen meiner Erwartungen waren alle Räume komplett leer. Ich hatte mit verhangenen Möbeln und jeder Menge Gerümpel gerechnet.

Sophie und ich baten unsere Eltern, die Ställe ansehen zu dürfen. Auf dem Weg über den dämmrigen Hof malte ich mir aus, wie es wohl sein würde, wenn Chess, Splash und die acht bereits gekauften Pferde des Hotels zusammen mit den Pferden der Urlauber hier stehen würden. Der Stall war leider nicht so aufgeräumt wie das Haus. Es schien, als hätte man sämtliches Inventar aus dem Hotel in die Boxen geworfen.

„Viel Arbeit", stellte ich fest.

Sophie nickte missmutig. „Der Sommer ist für uns gelaufen", meckerte sie.

Da wir direkt nach dem Mittsommerfest aus Schonen weggezogen waren, hatten wir hier noch den Rest der Sommerferien, bevor für uns Mädchen die Schule begann. Die nächsten Wochen bestanden tatsächlich aus harter Arbeit für uns und die vielen Bauarbeiter, die halfen, das Hotel, den Stall und die Bungalows zu renovieren. Am hinteren Ende einer Koppel hatte ich einen weiteren kleinen Stall aus verwittertem Stein entdeckt. Er hatte nur vier Boxen und war vielleicht ein Hengststall oder ähnliches gewesen. Papa hatte dem wenig Bedeutung beigemessen. Er wollte ihn abreißen, sobald Zeit dafür war. Vorher sollten aber eine kleine Reithalle gebaut und ein Reitplatz angelegt werden.

„Wow!" Sophie kam in mein Zimmer und sah sich beeindruckt um.

Ich grinste etwas selbstgefällig. Der Raum war in einem hellen Orangeton gestrichen. Unter dem einen Fenster stand ein Schreibtisch mit Computer, unter dem anderen mein Bett. Die Fenster waren auf verschiedenen Seiten des Hauses angeordnet. So konnte ich über den Schreibtisch hinweg einen Blick auf den Hofplatz und den Stall werfen. Von der anderen Fensterbank aus, hatte ich einen tollen Blick über das kleine Bächlein und die Koppeln, auf denen bald unsere Pferde grasen würden.

„Du bist schon mit allem fertig", stellte Sophie etwas neidisch fest. Sie hatte in den letzten Tagen viel Zeit mit Erik Nielson, einem unser Stallhelfer, verbracht und nur wenig Motivation für ihr Zimmer gefunden.

„Du warst ja beschäftigt", gab ich grinsend zurück.

„Warte nur, eines Tages wirst auch du dich verlieben, Schwesterherz!" Sie lächelte altklug.

„Ich mache mir nichts aus Jungs und sie sich nicht aus mir", meinte ich kopfschüttelnd.

Sophie verdrehte die Augen. „Mit Jungs kann man Spaß haben!"

„Ja, den lässt du dir nicht entgehen."

„Nein! Warum auch? Wir haben das richtige Alter dafür. Manchmal denke ich, du wärst schon fünfundzwanzig", entgegnete sie.

Mir war klar, dass ein Stückchen Wahrheit in den anklagend klingenden Worten meiner Schwester steckte. Es stimmte, ich fühlte mich oft nicht wie fünfzehn. Immer war ich die folgsame, brave und vernünftige. Wenn ich einen Jungen in mein Leben lassen würde, dann wollte ich einen haben, den ich liebte. Da ich aber nicht so recht an die eine große Liebe glaubte, war auch das schwierig. Wahrscheinlich gab es einfach keinen Mann für mich und ich würde als einsame Pferdefrau mit zehn Katzen enden. Es gab Schlimmeres.

Meine Schwester hatte das Thema schon wieder aufgegeben und tigerte ungeduldig im Zimmer umher. „Wo bleiben die denn?", fragte sie mit einem Blick auf die Uhr. Heute war es endlich so weit, Chess und Splash würden ankommen. Wir hatten sie ungern im Reitstall zurückgelassen, sahen aber ein, dass sie während der Renovierungsarbeiten unmöglich in diesem baufälligen

Stall stehen konnten. Nun war der Stall fertig und sah beinahe aus wie neu. Sophie und ich waren in aller Frühe aufgestanden und hatten die Boxen vorbereitet. Inzwischen war es fast Mittag.

Während ich mich auf meinem Bett ausstreckte, war Sophie ans Fenster getreten. „Da sind sie!", rief sie erfreut und im nächsten Moment hörte ich sie die Treppe hinunterpoltern. Ich sprang auf und rannte hinterher. Tatsächlich parkte draußen ein großer, roter Transporter. Aus seinem Inneren drang ein lautes Wiehern und ich hörte, wie ein Pferd gegen die Wände des Transporters schlug.

Ein kräftiger Mann mit Schnauzbart und karierter Weste stieg aus der Fahrerkabine und reichte Sophie, Mama und mir die Hand.

„Sie sind beide brav eingestiegen und haben sich auf der Fahrt gut benommen, aber jetzt wollen sie raus", meinte er. Sophie war bereits im Inneren des Transporters verschwunden.

Ich öffnete mit einem Seufzer die Verschlüsse und ließ die Rampe herunter. Mit einem stolzen Lächeln brachte Sophie ihr Pferd nach draußen. Splash wieherte und machte einen Satz von der Rampe, wobei sie meine Schwester beinahe umwarf. Von drinnen hörte ich ein zaghaftes Schnauben. Rasch kletterte ich hinein und begrüßte mein Pferd. Chess sah in ihrer dunkelblauen Transportdecke, den gleichfarbigen Gamaschen und dem ebenfalls dunkelblauen Halfter wie ein Ritterpferd aus. Draußen blieb sie wie erstarrt sehen und sog schnorchelnd die Luft ein.

„Willkommen zu Hause, Süße", flüsterte ich und brachte Chess in ihre neue Box. Eine Stunde später standen Sophie und ich immer noch bei unseren Pferden und redeten darüber, wie einzigartig sie waren. Die beiden Stuten interessierte das kaum, sie hatten Heu und Wasser und waren müde von der langen Fahrt.

Am nächsten Tag war ich wenig begeistert vom Klingeln des Weckers, aber der Gedanke an Chess ließ mich aus dem Bett springen. Ich zog Stallklamotten an, spritze mir kaltes Wasser ins Gesicht und band die Haare zu meinem üblichen Pferdeschwanz zusammen. Dann lief ich die Treppe hinunter und verließ das Haus durch die separate Tür von unserem Teil des Gebäudes. Chess und Splash wieherten mir, oder wohl eher der Aussicht auf Futter, freudig entgegen. Ich lächelte. Für mich gab es kaum etwas Schöneres, als morgens die Erste im Stall zu sein. Wie hatte ich es nur so lange ohne Pferde ausgehalten? Während ich das Kraftfutter abmaß, kam meine Schwester herein.

„Reiten wir heute aus?", fragte sie und füllte die Portion für Splash in einen Eimer.

„Ich will erstmal mit Chess spazieren gehen in der neuen Umgebung", meinte ich.

Sophie nickte und reichte mir den Messbecher zurück. „Du hast Recht, das ist wahrscheinlich vernünftiger. Ich komme nachher mit."

Nach dem Füttern brachten wir die Pferde auf eine der Koppeln und gingen frühstücken. Der Spaziergang am Nachmittag verlief gut und Chess benahm sich zur Abwechslung vorbildlich.

Kapitel 2

Neue Bekanntschaften

Während der nächsten Woche kamen sechs der Hotelpferde an. Die Isländer Stjärna und Gadja, die Kaltblüter Roy und Duke, das schwedische Warmblut Nova und das Connemara-Pony Nugget. Die schwarze Stjärna und der süße Falbe Nugget wurden sofort meine Lieblinge.

„Die Boxenschilder sind endlich da!" Meine Schwester kam mit einem Paket in den Händen fröhlich in den Stall gehüpft.

Wir hatten eine Menge gleicher Schilder bestellt, die wir an die Türen der jeweiligen Pferde hängen wollten. Voller Tatendrang setzten wir uns in die Sattelkammer und beschrifteten die Schilder mit den üblichen Informationen. Besonders bei den Isländern hatten wir Spaß mit den teilweise recht komplizierten Namen in ihren Stammbäumen. Als wir damit fertig waren, befestigten wir sie an den Boxentüren. Erik kam hinzu und half uns. Noch immer suchte er Sophies Nähe und sie hatte nichts dagegen. Ich schraubte das Namensschild an die Tür meiner Stute und fuhr anschließend stolz mit dem Finger darüber, während Chess ihr Heu kaute.

„Du hast ein schönes Pferd, Gemma!" Eriks Blick drückte Bewunderung aus, als er erst Chess und dann das Boxenschild begutachtete. „Mit einem klangvollen Namen! Und er passt so gut zum Golden Horse Hotel", sagte er und lachte.

Ich grinste. „Ja, wirklich ein Zufall!"

Unser erster Ausritt, den ich sicherheitshalber in Begleitung meiner Schwester machte, verlief ohne Zwischenfälle. Ich begann zu denken, dass Chess ihre Macken zurückgelassen hatte und hier ein ganz neues Pferd wäre.

Zwei Tage später ritt ich allein aus und wurde unsanft eines Besseren belehrt. Ich galoppierte auf Chess einen sandigen Weg entlang, die kleinen Ohren waren aufmerksam vor mir gespitzt und Chess lief ruhig und in einem angenehmen Schaukelgalopp. Entspannt ging ich in den leichten Sitz und genoss das Gefühl von Harmonie zwischen uns. Ich fühlte mich wie eines dieser eleganten Mädchen in einem Pferdefilm und sang leise vor mich hin, wie so oft beim Reiten. Plötzlich hörte ich neben mir etwas laut quietschen und Chess warf sich schwungvoll zur Seite. Dann floh sie in gestrecktem Galopp. Ich war ins Heidekraut gefallen und bewunderte mein davonstürmendes Pferd vom Boden aus. Schnell kam ich wieder auf die Beine und klopfte mir den gröbsten Staub ab.

„Kannst du nicht aufpassen?", schrie der Fahrradfahrer, der Chess so erschreckt hatte.

Wütend starrte ich ihn an. Was bildete der sich ein?

Er war doch wie aus dem Nichts mit viel zu hoher Geschwindigkeit aufgetaucht und hatte wie ein Irrer meinen Weg gekreuzt. Wenigstens war auch er mit seinem Mountainbike gestürzt. Seine beiden Freunde, ebenfalls auf Rädern, standen unschlüssig daneben.

„Idiot!", fauchte ich, würdigte ihn keines weiteren Blickes und humpelte unelegant hinter meiner Stute her. Mein Oberschenkel schmerzte und ich würde wohl einen weiteren blauen Fleck für meine imaginäre Sammlung bekommen. Die Sonne brannte erbarmungslos vom Himmel und nach einiger Zeit wurde es mir zu heiß und ich zog Helm und T-Shirt aus. Zum Glück trug ich darunter einen schwarzen Sport-BH, der durchaus als knappes Top durchgehen konnte. Meine Lungen brannten und ich hatte schreckliche Angst um mein abhandengekommenes Pferd. Ich hatte keine Ahnung, wie weit die nächste Straße entfernt war und betete, dass Chess vorher stehen bleiben würde.

Erleichterung durchflutete mich, als vor mir drei Reiter mit vier Pferden auftauchten. Ein großes, blondes Mädchen führte Chess als Handpferd. Sie selbst saß auf einer hellbraunen Stute. So schnell ich konnte, eilte ich auf die Gruppe zu. „Vielen Dank, dass ihr sie eingefangen habt!", schnaufte ich und schlüpfte wieder in mein T-Shirt. Chess war offensichtlich unverletzt und stupste mich unschuldig an. Dabei hinterließ sie einen unschönen Fleck auf meinem Oberteil.

„Sie hatte ein ordentliches Tempo drauf, aber als sie unsere Pferde gesehen hat, ließ sie sich leicht einfangen", berichtete das andere Mädchen, ebenfalls blond, aber mit deutlich kürzeren Locken. Ihr hellgrauer Araber-Wallach schien bereits Freundschaft mit meiner Stute geschlossen zu haben und rieb seinen Kopf an ihrer Schulter.

„Lass das, Zafir!" Sie zupfte leicht an den Zügeln und verschaffte mir Platz, um wieder auf mein Pferd zu klettern. Als ich oben saß, nahm ich mir die Zeit, den dritten Reiter zu betrachten. Der Junge saß im Westernsattel und mir fiel auf, dass er mit den blonden Haaren und den grünen Augen ziemlich gut aussah. Seine dunkelbraune Stute war ein stämmiger Cob mit breiter Blesse und schien sich so schnell nicht aus der Ruhe bringen zu lassen.

Er bemerkte, dass ich ihn angesehen hatte. „Ich bin Christian. Mein Pferd heißt Saly", stellte er sich vor.

„Oh entschuldige, ich bin Fanny und das ist Rivière." Fanny tätschelte ihrer Stute den Hals, die unruhig auf der Trense kaute und immer wieder zu Chess hinüberschielte. Der Araber-Wallach Zafir tänzelte und schlug mit dem Kopf.

„Und ich bin Nike, Christians Zwillingsschwester. So ähnlich wir uns auch sehen, unsere Pferde könnten nicht unterschiedlicher sein!"

„Freut mich, euch kennenzulernen und nochmal

vielen Dank! Ich bin Gemma und die kleine Ausreißerin hier ist Chess."

„Du bist neu im Hotel eingezogen, oder?" Christians Frage schien eher eine Feststellung zu sein, denn ich hatte das Gefühl, dass alle drei genau wussten, wer ich war. Also nickte ich nur.

„Bis dahin ist es ein Stück, sollen wir dich begleiten?", bot Nike an.

„Danke, wir schaffen es allein nach Hause", versicherte ich ihnen. Schnell tauschten wir unsere Handynummern aus und die drei boten mir jederzeit ihre Hilfe an. Die Leute hier schienen wirklich nett zu sein.

Zu Hause erzählte ich niemanden von dem Zwischenfall, weil ich keine Lust auf Sophies Kommentare oder die besorgten Blicke meiner Eltern hatte.

„Morgen kommen endlich die Trainer", verkündete unser Vater beim Abendessen. Ich freute mich schon sehr darauf, endlich wieder Reitstunden zu bekommen. Sophie hatte Papa vorgeschlagen, auch einen Westerntrainer einzustellen, weil das Westernreiten sich hierzulande immer größerer Beliebtheit erfreute. Er hatte zugestimmt und nun würden die zwei jungen Reitlehrer, beide fünfundzwanzig Jahre alt, morgen mit ihren Pferden eintreffen.

Am nächsten Morgen bereiteten Sophie und ich die Boxen für die Pferde der Trainer vor und überließen es den Stallhelfern Mikael und Erik, die anderen Pferde zu versorgen. Am Vormittag kam die Westerntrainerin an. Lara Bigoti war Halbitalienerin und besaß einen Quarter Horse Wallach namens Angelo. Lara war klein und zierlich und fast genauso quirlig wie meine Schwester. Die beiden würden sich sicher gut verstehen. Am Nachmittag ritten Sophie und Lara gemeinsam aus. Ich war viel zu neugierig auf den anderen Trainer, der die englische Reitweise unterrichten sollte und tatsächlich aus England stammte. Also striegelte ich Chess vor dem Stall, wo ich freie Sicht auf den Hofplatz hatte und die Ankunft auf keinen Fall versäumen konnte. Neugierig hielt ich inne, als der Transporter parkte. Heraus kletterte ein großer, dunkelhaariger Mann, der besser aussah als jedes Fotomodel, das ich bisher gesehen hatte.

*

Luke Carlton stieg aus dem Fahrzeug und streckte seine steifen Glieder. Er erblickte eine große Fuchsstute, die bis eben noch von einem attraktiven Mädchen gestriegelt worden war. Die junge Frau mit den dunklen Haaren, der schwarzen Reithose und dem hellen T-Shirt kam mit raschen Schritten auf ihn zu. Ihr freundliches Lächeln erreichte ihre hübschen, braunen Augen. Wie alt sie wohl war? Mindestens achtzehn, wenn sie hier arbeitete. Seine Zeit hier würde ihm sicher gefallen!

„Hallo, ich bin Gemma Bergman", stellte sie sich vor und streckte ihm die Hand hin.

Jäh wurde er aus seinen Gedanken gerissen. Mist! Bergman, das war die Tochter des Chefs. Fast schuldbewusst ergriff er ihre Hand. Er erinnerte sich nur zu gut an das Gespräch mit seinem zukünftigen Arbeitgeber vor einigen Wochen. Als alle Formalitäten geklärt waren, hatte Herr Bergman halb im Scherz gesagt, dass er die Finger von dessen Töchtern lassen sollte. Luke hatte lachend gefragt, wie alt sie denn seien. Als er erfahren hatte, dass die beiden Mädchen dreizehn und fünfzehn Jahre alt waren, hatte er Herrn Bergman beruhigen können.

Jetzt war er allerdings etwas besorgt. Gemma sah älter aus und war sehr hübsch.

„Hallo, jemand zu Hause?", fragte sie, inzwischen etwas unsicher.

„Entschuldigung?" Luke sah sie verwirrt an.

„Möchtest du dein Pferd ausladen?", wiederholte sie ihre Frage.

Er nickte schnell. „Ja, natürlich." Dann ging er zu seinem Hengst in den Transporter.

*

Ich öffnete die Laderampe und sog staunend die Luft ein, als ich den herrlichen Rappschimmel erblickte. Selbst im dämmrigen Licht des Transporters, sah die Fellfarbe einzigartig aus. Gehorsam stieg der Hengst hinter seinem Besitzer heraus. Ich begleitete Luke und sein Pferd zu der Box des Hengstes.

„Ein prächtiges Pferd. Und die Farbe ist so ungewöhnlich", lobte ich und ließ meinen Blick bewundernd über das samtene Fell und das nahezu perfekte Exterieur schweifen.

„Danke." Luke lächelte mit unverkennbarem Besitzerstolz. „Sein Name ist Glory, er ist neun Jahre alt und wird im Alter bestimmt noch etwas heller."

„Warum sprichst du so gut Schwedisch? Du kommst doch aus England, oder?", wollte ich wissen.

Luke nickte. „Mein Großvater väterlicherseits wurde hier in Schweden geboren. Er wollte immer, dass ich ein wenig Schwedisch lerne. Ich mag die Sprache, schreiben kann ich es allerdings nicht so gut. Großvater hat mir bei der Bewerbung geholfen und ich hoffe, dass ich als Reitlehrer keine Aufsätze schreiben muss", erklärte er und lachte.

„Eher nicht." Ich grinste aufmunternd. „Aber konntest du dein Zuhause einfach hinter dir lassen? Es ist eine große Entscheidung und ein ziemlicher Aufwand, ein Pferd hierher zu transportieren." Sofort fragte ich mich, ob diese Frage zu persönlich gewesen war.

Luke sah nachdenklich aus. „Ja, das war es. Aber Schweden hat mich immer fasziniert, ich wollte es auf jeden Fall einmal sehen. Also habe ich oft schwedische Stellenanzeigen gelesen. Glory und ich kamen hierher, bevor ich eine Zusage für diese Stelle bekommen habe. Ein Bekannter von mir hat einige Pferde nach Uppsala verkauft und ich konnte Glory günstig mit auf den Transport geben. Es war vielleicht etwas naiv, aber ich war mir sicher, dass ich hier eine Arbeit finden würde."

Ich bewunderte ihn für diese Spontanität und war auf jeden Fall froh über seine Entscheidung. Um nicht länger in dieses verwirrend gut aussehende Gesicht blicken zu müssen, ließ ich Luke und Glory eine Weile allein. Ein Jammer, dass er so alt war. Noch nie hatte mir ein Mann so gut gefallen. Und er schien wirklich nett zu sein. Chess, die immer noch vor dem Stall wartete, wieherte ungeduldig, wahrscheinlich weniger nach mir, sondern mehr, weil ein hübscher Hengst im Stall stand.

Ich striegelte sie, bis ihr Fell wie flüssiges Gold glänzte und fragte mich, wie zum Teufel ich mich je in einer Reitstunde konzentrieren sollte. Irgendwann kam Luke aus dem Stall und sah mir eine Weile schweigend zu. „Du hast auch ein sehr schönes Pferd", meinte er anerkennend.

„Das ist Chess." Meine Stimme klang seltsam fremd und ich ärgerte mich, dass Lukes Anwesenheit eine so starke Wirkung auf mich hatte. Er bat mich, ihm seinen Bungalow zu zeigen, und ich kam dieser Bitte gerne nach. Ich fühlte mich wohl in seiner Gegenwart und es gefiel mir, dass Luke mit mir redete, wie mit einer Erwachsenen. Er fragte mich, wie es mir hier gefiel, erkundigte sich nach den Pferden und wann die ersten Gäste kommen würden.

Später am Abend saß Sophie im Nachthemd auf meinem Bett und wir erzählten uns mit unverhohlener Begeisterung von unseren Trainern. Meine schlaue Schwester bemerkte natürlich, dass ich von Luke begeisterter war als von anderen Männern.

„Ganz ehrlich, Lara ist klasse, aber Luke sieht einfach umwerfend aus!", meinte sie gerade.

Da konnte ich ihr nur zustimmen.

„Bin ich froh, dass dir endlich ein Typ gefällt, Gemma!" Sophie lachte. Die Tatsache, dass er schon fünfundzwanzig war, wischte sie mit einer Handbewegung weg. „Du sollst ihn ja nicht gleich heiraten, Hauptsache du zeigst überhaupt Interesse."

„Ja, vielleicht ende ich doch nicht als alte Jungfer", stimmte ich in ihr Lachen ein. Schon jetzt schauderte ich bei dem Gedanken daran, Luke bald mit unseren Gästen teilen zu müssen.

Kurz darauf kamen endlich die letzten Hotelpferde an. Ein weißer Andalusier namens Castro und der dunkle Trakehner Apollon. Gerade rechtzeitig, denn in einer Woche würden schon die ersten Gäste eintreffen.

Meine erste Reitstunde bei Luke war der reinste Albtraum. Chess wehrte sich gegen meine Hand und schien überhaupt keine Hilfen annehmen zu wollen. Zwar schaffte Luke es nach einiger Zeit, dass wir uns beide etwas entspannten, aber ich wusste, dass viele

Monate vergehen würden, bis ich Chess wirklich gut reiten, geschweige denn mit ihr an einem Turnier teilnehmen konnte.

In dieser Woche traf ich mich einige Male mit Nike, Fanny und Christian zum Ausreiten und nahm Sophie mit. Sie war ganz begeistert von Christian, der ihr aber deutlich zu verstehen gab, dass er kein Interesse hatte. Für meine Schwester war das etwas Neues und sie war ein wenig beleidigt. Ich fand Christian und seine ruhige Stute sehr nett. Fanny und Nike waren super und für jeden Spaß zu haben. Fanny war eine ehrgeizige und gute Dressurreiterin. Nike hingegen liebte es, mit ihrem Zafir über die Felder zu rasen.

Als ich nach einem Ausritt auf dem Koppelgatter saß und den Pferden zusah, vernahm ich Sophies Stimme hinter mir. Ich hörte an den Schritten, dass es sich um mehrere Personen handeln musste, die meine Ruhe störten, war aber zu faul mich umzudrehen.

„Gem!", rief Sophie. „Das ist meine Schwester Gemma", erklärte sie ihrer Gefolgschaft. Nun hielt ich es doch für unhöflich, nicht umzuschauen und wäre beim Anblick der drei Jungs fast vom Gatter gekippt. Es waren genau die drei Kerle, vor denen Chess gescheut und mich so unelegant auf den Boden gesetzt hatte.

„Oh", entfuhr es dem Jungen, der damals vom Rad gefallen war. Erst jetzt fiel mir auf wie gut er aussah. Was meinen Sturz nicht unbedingt besser machte.

„Gemma, das sind Nathan, David und Adam aus Australien", stellte sie uns vor.

„Wir kennen uns bereits flüchtig", meinte ich vage und nickte zum Gruß.

„Warum erzählst du mir nie etwas?", beschwerte sich Sophie und sah mich anklagend an.

Ich zuckte die Schultern.

„Wir gehen heute Abend am Strand grillen, kommst du mit?", fragte David.

„Warum nicht?" Ich war bereit, den Jungs eine zweite Chance zu geben. „Dann frage ich Fanny, Nike und Christian, ob sie auch mitkommen wollen."

„Du könntest auch Luke fragen." Sophie grinste.

„Was könntet ihr mich fragen?", wollte Luke wissen, der genau in diesem Moment mit Glory auftauchte.

Ich warf Sophie einen verärgerten Blick zu, den hoffentlich nur sie bemerkte. „Sophie wollte dich gerade fragen, ob du heute Abend mit uns am Strand grillen möchtest", antwortete ich schnell.

Luke lächelte und ließ seinen Blick über die drei Australier wandern. „Danke für die Einladung, aber ich habe einiges mit eurem Vater wegen der Gäste zu besprechen", entschuldigte er sich.

Bestimmt hatte er keine Lust, einen Abend mit lauter Kindern, die wir in seinen Augen zweifellos waren, zu verbringen. Luke ging weiter und wir unterhielten uns eine Weile mit den Jungs. Neugierig geworden musterte ich das Trio genauer. Nathan hatte mittelblondes, verstrubeltes Haar und hellblaue Augen. Adams Haar war dunkler und zu Rastazöpfen gebunden. Seine Augen strahlten in einem tiefen azurblau aus dem gebräunten Gesicht. David war mit seinen neunzehn ein Jahr älter als die anderen und hatte dunkelbraunes Haar, jede Menge Tattoos an den Armen und warme, braune Augen.

Nike, Fanny und Christian sagten zu und versprachen, einige Freunde mitzubringen. So waren wir am Abend eine große Gruppe. Nachdem ich Chess für die Nacht versorgt und mich geduscht hatte, machte ich mich mit Sophie auf den Weg zum Strand, der nur einen kurzen Fußmarsch entfernt war. Die meisten anderen waren bereits da. Wir setzten uns um das Lagerfeuer und ich landete zwischen Nike und Nathan. Mir kam es sehr gelegen, dass so viele Leute da waren. Es minderte meine Angst vor dem ersten Schultag etwas, wenn ich schon ein paar Gesichter kannte.

*

Nathan konnte sein Glück kaum fassen, als Gemma sich neben ihn setzte. Sie hatte ihm schon gefallen, als sie vor ihm ins Heidekraut gestürzt war. Es hatte ihm leidgetan, dass er, ohne nach rechts oder links zu blicken, mit dem Mountainbike über den Weg gefahren war. Seine Entschuldigung war ungehört verhallt, denn das Mädchen war sofort ihrem Pferd hinterhergelaufen. Nathan war froh, dass Gemma nicht wusste, dass er seine Freunde überredet hatte, den ganzen Nachmittag nach dem Pferd zu suchen. Nun saß sie neben ihm und er konnte nicht mit ihr reden, weil diese Nike Gemma voll in Anspruch nahm.

*

Nike erzählte eine lange Geschichte über die letzte Klassenfahrt und ließ kein Detail aus. Als sie fertig war, hatte ich das Gefühl, bereits die halbe Schule zu kennen. Ich atmete erleichtert auf, als sie sich ihrem Freund zuwandte. Zufrieden blickte ich in die tanzenden Flammen, ließ mein Gesicht vom Feuer wärmen und atmete den Geruch von Rauch und Meersalz ein.

„Hör mal Gemma, es tut mir leid, dass du wegen mir vom Pferd gefallen bist", sagte Nathan leise.

Überrascht drehte ich meinen Kopf zu ihm. Er trug ein weißes T-Shirt, in dem seine trainierten Arme gut zur Geltung kamen, und sah mich entschuldigend an.

„Schon gut. Ich war besorgt um Chess und habe überreagiert", meinte ich und zuckte die Schultern. Wir unterhielten uns weiter und ich erfuhr, dass die drei ihre Schule beendet hatten und ein Jahr in Schweden jobbten, bevor sie in Australien studieren würden. Nathan arbeitete im örtlichen Kindergarten, was mich sehr überraschte. Vielleicht war er ja gar nicht der verrückte Typ, für den ich ihn gehalten hatte? Je mehr ich mit ihm redete, desto sympathischer fand ich ihn.

Gegen Mitternacht wurde ich müde und außerdem fror ich, trotz des Feuers. Sophie hatte nur unter der Bedingung mit an den Strand gehen dürfen, dass sie wieder mit mir nach Hause ging. Nun wollte ich ins Bett, aber meine Schwester schien überhaupt keine Lust darauf zu haben. An Adams Schulter gelehnt saß sie da und Adam strich ihr sanft über die blonden Haare. Sie sahen so süß zusammen aus, dass ich es nicht übers Herz brachte, sie jetzt zu trennen. Also umfasste ich meine nackten Beine mit den Armen und versuchte, mich selbst zu wärmen. Nathan bemerkte es und legte einen Arm um meine Schultern. Ich war erschöpft und freute mich über die Wärmequelle. Das Rauschen der Wellen und die Unterhaltungen der anderen boten eine angenehme Geräuschkulisse. Irgendwann musste ich eingeschlafen sein, denn plötzlich wachte ich an Nathans Schulter gelehnt auf. Es dauerte einen Moment, bis ich begriff, dass es Lukes Stimme gewesen war, die mich geweckt hatte. Merkwürdig, wie kam der denn hierher?

*

Luke war außer Atem, als er am Strand ankam. Seine Seiten stachen, er war schnell über die dunklen Koppeln gelaufen und in einer schlechteren körperlichen Verfassung, als er gedacht hatte. Er war verzweifelt und wusste nicht, was er tun sollte. Als er bemerkt hatte, dass Glory nicht mehr da war, hatte er bei Lara geklingelt, doch sie war nicht in ihrer Hütte. Auch bei den Stallhelfern Mikael und Erik hatte er kein Glück. Er hatte es nicht gewagt, mitten in der Nacht bei seinem Arbeitgeber zu läuten, also waren ihm spontan die Mädchen am Strand eingefallen.

Als er die jungen Leute am Lagerfeuer erblickte, sah er Gemma zunächst nicht. Aber als er ihren Namen rief, hob sie schläfrig den Kopf von der Schulter eines jungen, blonden Mannes und erhob sich dann rasch. Luke verspürte einen weiteren Stich und war ziemlich sicher, dass der nicht vom Laufen kam.

„Mein Pferd ist weg, könnten einige von euch bitte helfen es zu suchen?", rief Luke, bevor er ganz bei der Gruppe angekommen war. Er war sehr besorgt um seinen geliebten Rappschimmel. Sie hatten einige Pferde über Nacht auf den Koppeln gelassen, unter anderem Chess und Glory. Den Hengst natürlich auf einer Weide mit extra hohem Zaun, auf der ihm drei Wallache Gesellschaft leisteten. Apollon, Nugget und Angelo waren noch da gewesen und das Gatter war fest verschlossen. Luke hatte keine Ahnung, wie Glory entkommen war.

Gemma hatte ihn inzwischen erreicht und erwiderte seinen Blick mit einer ruhigen Zuversicht in den Augen. „Wir finden ihn", meinte sie überzeugend und umarmte ihn lange genug, dass Luke den verletzten Blick in den Augen des jungen, blonden Mannes sah.

*

Ich war längst nicht so ruhig, wie ich tat, fühlte aber instinktiv, dass dies genau das war, was Luke jetzt brauchte. Die meisten erklärten sich bereit, bei der Suche zu helfen.

Luke und ich liefen so schnell wir konnten zum Stall. Außer Atem sattelten wir Chess und Apollon und ich sagte meinen Eltern Bescheid. Wir setzten uns Stirnlampen auf und ritten zwischen den Koppeln in Richtung eines anderen Strandteils. Luke nahm diesen Weg oft und dachte, dass Glory möglicherweise dort entlanggelaufen sein könnte. Doch wir fanden den Hengst nicht. Da ich nur eine dünne Jeansjacke und Shorts trug, fror ich immer stärker. Zwar war es jetzt in den Sommermonaten nicht ganz dunkel, aber Chess sah in der Dämmerung überall Gespenster und sprang ständig herum, sodass meine Beine unangenehm am Sattel scheuerten und sich Blasen zwischen meinen Fingern bildeten. Auch ich machte mir Sorgen um Glory, doch ich ahnte, dass das nichts im Vergleich zu der Angst war, die Luke ausstehen musste. Um drei Uhr morgens hatten wir immer noch keine Spur von dem Hengst gefunden. Das Adrenalin, das mich anfangs wachgehalten hatte, war verflogen und ich fiel vor Müdigkeit fast vom Pferd. Aber ein Blick in Lukes Gesicht hielt mich von dem Vorschlag ab, einfach umzukehren. Meine Zähne schlugen unkontrolliert aufeinander und ein eigenartiges Kribbeln erfüllte trotz der Erschöpfung meinen Körper.

Plötzlich klingelte mein Handy. Chess sprang erschrocken nach vorn. Schnell fischte ich es aus der Hosentasche. Es war Fanny. „Gemma? Wir haben Glory gefunden. Es geht ihm gut. Wir sind in einer halben Stunde am Hotel!", rief sie ins Telefon. Lukes Lächeln in diesem Moment war für mich Belohnung genug für die Strapazen der Nacht.

*

Luke konnte es kaum erwarten zum Stall zu kommen. Er blickte zu Gemma hinüber und stellte fest, dass sie sich vor Müdigkeit kaum mehr im Sattel halten konnte. Er bewunderte sie dafür, so tapfer gewesen zu sein. Mit keinem Wort hatte sie sich beklagt, ihn stattdessen immer wieder ermutigt, weiterzusuchen. Luke hatte nicht viel mit fünfzehnjährigen Mädchen zu tun, aber die wenigen, die er kannte, waren kein bisschen wie Gemma. Gemma bemerkte seinen Blick und lächelte. In diesem Moment fiel es ihm besonders schwer zu akzeptieren, dass sie zehn Jahre jünger war als er.

*

Müde ließ ich mich aus dem Sattel gleiten. Meine Beine protestierten heftig und ich ging ein Stück in die Knie. Rasch sattelte und zäumte ich Chess ab. Wie in Trance kontrollierte ich ihre Hufe und legte ihr eine Decke auf, bevor ich zu Glorys Box ging und zusah, wie Luke seinen Hengst Zentimeter für Zentimeter untersuchte.

Alle, die am Strand gewesen waren, hatten sich

inzwischen auf den Heimweg gemacht. Schließlich kam Luke aus der Box. „Ihm fehlt nichts!", meinte er erleichtert. Er stellte sich neben mich und lehnte sich gegen die Boxentür. Schüchtern lächelte ich zu ihm hinauf. Auch er sah aus, als würde er gleich im Stehen einschlafen, doch seine braunen Augen erwiderten meinen Blick voller Wärme und Dankbarkeit. Dann umarmte er mich mit seinen starken Armen. Für einen kurzen Moment lehnte ich meinen Kopf an seine Brust. Eine Menge unbekannter Gefühle jagten in beachtlicher Geschwindigkeit durch meinen Körper. Viel zu schnell ließ Luke mich wieder los. „Danke, Gem. Wir sollten jetzt unbedingt ins Bett gehen", murmelte er.

Um fünf Uhr morgens fiel ich schließlich ins Bett und schlief praktisch schon, bevor mein Kopf das Kissen berührte. Kurz vor Mittag erwachte ich. Mein erster Gedanke galt den Pferden. Als ich nach draußen lief, waren alle zwölf Pferde schon auf der Weide. Mikael und Erik hatten sie bereits versorgt. Dankbar half ich ihnen beim Ausmisten. Sophie schlief eine Stunde länger und sah aus wie das blühende Leben, als sie in den Stall kam. Wie sie das bloß immer schaffte?

„Ich gehe heute Abend mit Adam ins Kino", verkündete sie strahlend.

„Was ist eigentlich mit Erik?", fragte ich leise, sodass die beiden jungen Männer uns nicht hören konnten.

„Ach nichts, er ist langweilig. Außerdem sieht Adam viel cooler aus", meinte sie. Da musste ich ihr Recht geben, auch wenn ich mich fragte, was unsere Eltern wohl zu einem Date mit einem volljährigen Australier sagen würden. Die Sache mit Erik hatte Sophie erfolgreich vor ihnen geheim gehalten.

Sophie grinste schelmisch. „Nathan hat gefragt, ob du auch mitgehen willst", fügte sie hinzu.

Ich überlegte. Nathan war süß und ich hatte den gestrigen Abend genossen, aber ich befürchtete, abends im Kinosaal einzuschlafen. „Nein, ich bin zu müde."

Sophie zog eine Augenbraue hoch. „Ich habe aber schon gesagt, dass du mitkommst. Mama und Papa erlauben mir das sonst nie."

„Gut", gab ich wenig enthusiastisch nach und zuckte die Schultern. Den ganzen Tag lief ich wie eine Schlafwandlerin durch die Gegend. Über dem Hotel lag eine merkwürdige Aufregung, denn morgen würden die ersten Gäste kommen.

„Mehr treiben! Halbe Paraden! Zügel aufnehmen, sie fällt auseinander!" Lukes knappe Aufforderungen hallten über den Reitplatz.

Ich schaffte es nicht einmal, Chess ordentlich am Zügel gehen zu lassen. Es war wie verhext. Rasch befolgte ich seine Anweisungen. Tatsächlich gab Chess endlich im Genick nach und ich spürte, wie ihr Trab bequemer wurde, als sie besser über den Rücken mitschwang.

„Sehr gut!", lobte Luke prompt. „Reite ruhig noch ein bisschen, ich schaue dir zu", sagte er und lehnte sich gegen die Bande.

Wir bogen auf den Zirkel ein. An der offenen Seite wollte Chess über die Schulter weggehen, weil ich weder mit dem äußeren Zügel, noch dem Schenkel dran war. Bevor Luke etwas sagte, korrigierte ich meine Fehler und schaffte tatsächlich mehrere schöne, kreisrunde Zirkel. Dann ritt ich einige Volten und Schlangenlinien, um Chess zu biegen. Als ich sie vollkommen unter Kontrolle zu haben glaubte, galoppierte ich in der Ecke an. Chess schoss vorwärts und ließ sich erst nach zwei Runden durchparieren. Hilflos sah ich zu Luke hinüber.

„Versuchs auf dem Zirkel", riet er.

Bei meiner Galopphilfe sprang Chess an und galoppierte brav einen Kreis. Deutlich zufriedener parierte ich sie mehrmals durch und galoppierte wieder an. Chess machte ihre Sache gut und ich war heilfroh, endlich wieder einen Reitlehrer zu haben. Es war erschreckend, was für eine faule Reiterin ich geworden war. In der Reitschule wussten die Pferde, was sie zu tun hatten und glichen kleine Fehler häufig aus. Chess verzieh nichts. Bei ihr musste ich alles geben und konnte nur hoffen, dass es reichte.

„Sehr gut, Gemma. Reite sie ab und lass es gut sein für heute", meinte er und gähnte.

Ich lachte. „Du bist genauso erledigt wie ich, oder?"

Er nickte. „Mindestens. Ich mache alles fertig und dann gehe ich ins Bett."

Neidisch sah ich in an. „Ich muss ins Kino." Meine Motivation dafür, hatte im Laufe des Tages immer weiter abgenommen.

„Nein, wie schrecklich", meinte er ironisch. „Ich hoffe, es ist ein spannender Film, du siehst aus, als würdest du einschlafen, sobald die Lichter ausgehen."

„Keine Ahnung, was wir ansehen", gab ich stirnrunzelnd zu. „Sophie und ich gehen mit Adam und Nathan."

„Also ein Doppeldate?" Luke zwinkerte mir zu.

„Ach was, ich werde wahrscheinlich kaum die Augen offen halten können."

Nachdem ich Chess versorgt hatte, duschte ich. Immerhin fühlte ich mich danach etwas wacher. Ich war spät dran, konnte den Föhn nicht finden und lief schließlich in Sophies Bad, um mir ihren zu leihen. Dabei stieß ich mit der großen Zehe gegen den Türrahmen. Leise fluchend zog ich mich an und versuchte nebenbei meine Haare zu trocknen.

Draußen hielt ein Auto. Schnell schnappte ich mir eine Jacke und eilte hinter Sophie die Treppe hinunter. Die Jungs begrüßten uns fröhlich und sahen auch ein bisschen müde aus.

Als wir den Kinosaal betraten, wusste ich wenigstens schon, dass wir uns einen Actionfilm ansehen würden.

Als wir wieder herauskamen, wusste ich, dass wir uns einen schrecklich langweiligen und unrealistischen Film angesehen hatten. Die Art Film, in der jede Menge geschossen wird und sehr viele Autos kaputt gehen. Ich konnte damit nichts anfangen und hatte ein wenig vor mich hingedöst. Sophie wollte unbedingt noch eine Pizza essen, aber ich musste dringend ins Bett. Meine Bedenken, was unsere Eltern dazu sagen würden, tat Sophie ab. „Ach, Mama und Papa schlafen sicher schon und bemerken es gar nicht, wenn ich noch eine Stunde länger wegbleibe. Sonst musst eben improvisieren."

„Na hoffentlich. Ich kann ihnen schlecht erzählen, dass ich dich in der Stadt verloren habe", meinte ich. Nathan bot an, mich nach Hause zu fahren und ich nahm dankbar an.

*

Nathan sah Adam und Sophie neidisch nach, als sie händchenhaltend zur Pizzeria gingen. Es war nicht so, dass er Sophies Hand halten wollte. Aber sein Kumpel und das blonde Mädchen gingen so locker miteinander um, wie er es auch gerne mit Gemma täte. Nathan wusste nicht, was mit ihm los war. Er war schon mit einigen Mädchen ausgegangen, aber bei keiner war er so gehemmt gewesen wie bei Gemma. Schüchtern nahm er ihre Hand auf dem Weg zum Auto. Sie ließ es zu. Also warum konnte er sich nicht zu ihr hinüberbeugen und sie küssen? Er, der stets davon ausgegangen war, dass die Frauenwelt ihm zu Füßen lag. Doch Gemma war anders. Sie war nett zu ihm, aber empfand sie mehr als rein freundschaftliche Gefühle?

*

Ich nahm kaum wahr, dass Nathan meine Hand ergriff. Und eigentlich hatte ich nichts dagegen. Er war nett, gut aussehend und viele Mädchen im Kino hatten Sophie und mich neidisch angesehen. Die Situation verwirrte mich und ich wusste nicht, warum Nathan mich so zu mögen schien. Sonst hatten Jungs stets nur Augen für Sophie gehabt. Nun war ich mir nicht sicher, wie ich mit der plötzlichen Aufmerksamkeit umgehen sollte und wusste nicht, was ich für Nathan empfand. Mit Gewissheit konnte ich nur sagen, dass ich von ihm nicht ansatzweise so fasziniert war wie von Luke Carlton.

Kapitel 3

Der geheimnisvolle Dachboden

Am nächsten Tag erwachte ich voller Tatendrang. Vorbei war die gestrige Müdigkeit und ich fühlte mich fit und ausgeruht. Rasch schlüpfte ich in eine frischgewaschene Reithose und ein Top. Gut gelaunt lief ich die Treppe hinunter und frühstückte. Als ich im Stall ankam, fütterten Erik und Mikael gerade die Pferde. Ich half ihnen bei der Arbeit. Als ich gerade die letzte Schubkarre entleert hatte, kam meine Schwester in den Stall. Heute sah sie ziemlich erschöpft aus. Ich grinste vielsagend. Bevor ich fragen konnte, wie ihr Date gestern noch verlaufen war, hörten wir draußen ein Auto vorfahren.

„Die ersten Gäste!", rief Sophie aufgeregt und wir eilten hinaus. Ein teuer aussehendes Auto mit Transporter parkte draußen. Aus dem Auto kletterte ein Ehepaar, ein etwa sechzehnjähriges Mädchen mit schulterlangem, blondem Haar und ein ebenfalls blonder Junge, den ich etwas älter schätzte. Der Junge öffnete den Kofferraum und heraus kam ein quirliger, schokobrauner Labrador. Meine Eltern begrüßten die Gäste.

Sophie grinste mich an und eilte zu dem Jungen, um eine seiner Taschen zu tragen. Während alle anderen das Gepäck ins Haus brachten, blieb ich mit dem

Mädchen im Hof zurück. Sie hieß Helen Erikson und ihr gehörte das mitgebrachte Pferd. Gemeinsam luden wir ihre hellbraune Stute aus.

„Sie ist sehr hübsch", meinte ich anerkennend.

Helen grinste. „Finde ich auch. Ich war nicht begeistert von Familienurlaub, mein Bruder ebenso wenig, aber als wir erfahren haben, dass wir hier reiten können, war es etwas ganz anderes. Meine ganze Familie reitet, wir freuen uns auf einen Urlaub, in dem wir alle zusammen ausreiten können!"

Mir war Helen sofort sympathisch. Wir schwatzten munter vor uns hin, während wir die Stute und ihr Zubehör in den Stall brachten. Helen bewunderte Chess und Glory. Und auch seinen Besitzer. Luke stellte sich aber nur kurz vor und verschwand wieder, offenbar hatte er es eilig.

„Oh, der ist ja süß", flüsterte sie begeistert, sobald er außer Hörweite war. „Ich glaube, ich brauche unbedingt jeden Tag eine Reitstunde!"

Ich lachte. „Nur zu! Er ist wirklich ein toller Lehrer!"

Unser Gespräch endete, als auf dem Hof ein weiteres Auto zu hören war. Kaum hatte das Gefährt angehalten, war schon eine schrille Frauenstimme zu hören.

„Ach du liebe Güte, ist das schön hier!", trällerte sie.

Helen zog belustigt die Augenbrauen hoch und ich runzelte die Stirn. Eilig gingen wir zur Stalltür und erblickten eine blonde Frau Mitte vierzig.

Meine Mutter kam gerade aus der Eingangstür. „Guten Tag Frau Stjorholm, herzlich willkommen!", grüßte sie.

Als ich am Abend im Bett lag, dachte ich über unsere Gäste nach. Der anstrengendste unter ihnen war Frau Stjorholm. Sie war zwar freundlich, aber auf eine so übertriebene Art und Weise, dass sie einem einfach auf die Nerven gehen musste. Ihr dunkelbrauner Wallach war ein reingezüchteter Andalusier, der auf die Zucht der Kartäusermönche zurückging, wie sie immer wieder betonte. Er war sieben Jahre alt und sei wahnsinnig teuer gewesen. Aber er hatte ihr so gut gefallen, dass sie ihn aus dem Spanienurlaub mitgenommen hatte.

Die zwei angereisten Ehepaare waren nett und unkompliziert. Ebenso Herr Magnusson, ein Geschichtsprofessor, der sich für die Legende des goldenen Pferdes interessierte. Frau Almen war ebenfalls allein hier, sie war etwas fülliger und auf eine mütterliche Art sehr nett. Und die Familie Lund mit zwei kleinen Zwillingsmädchen, schien auch in Ordnung zu sein.

Am nächsten Morgen stand ich früh auf und hoffte, mit Chess ausreiten zu können, bevor die Gäste in den Stall kamen. Die Stallgasse war sauber gefegt und bereit für die prüfenden Blicke der Gäste. Mikael und Erik misteten die Boxen aus und Lara und Luke standen über eine Liste gebeugt da.

„Wir können Herrn Lund nicht auf Nova setzten", meinte Luke belustigt.

„Nein." Lara fuchtelte ungeduldig mit einem Kugelschreiber herum. „Herr Lund bekommt Roy, Frau Lund Apollon und die Kinder reiten die Isländer. Herr und Frau Erikson können Duke und Nova nehmen, der Sohn reitet Apollon." Lara sah Luke triumphierend an.

„Aha, ich dachte du wolltest Frau Lund auf Apollon setzten? Und wer soll dann Nugget reiten? Doch nicht etwa Frau Almen?", fragte Luke.

Lara zog eine Augenbraue hoch. „Verdammt!"

„Gebt Frau Lund doch Nugget", schlug ich vor. „Sie ist klein und zierlich, er kann sie locker tragen. Herr Erikson kann Castro reiten, dann bleibt Duke für Frau Almen."

Die beiden drehten sich zu mir um.

„So machen wir es", entschied Lara.

Luke nickte zustimmend.

„Kommt jemand mit mir ausreiten?" Fragend sah ich zwischen den beiden hin und her.

Luke nickte. „Gerne, aber ich muss bis halb zehn wieder da sein, da habe ich eine Reitstunde mit den Lund-Mädchen."

Ich blickte auf mein Handy. Es war erst kurz nach sieben Uhr. „Das schaffen wir. Was ist mit dir, Lara?"

Sie wollte nicht mitkommen und ich freute mich über Zeit, in der Luke nur mir gehörte. Gemeinsam gingen wir zu den Koppeln, um Chess und Glory zu holen.

Der Ausritt war herrlich! Wir ritten an den Strand, galoppierten und genossen es, wie der leichte, noch kühle Wind uns umwehte.

„Wie war es eigentlich im Kino?", fragte Luke.

„Langweilig. Der Film war nicht gut und ich wäre tatsächlich beinahe eingeschlafen."

Luke lachte sein wunderbares Lachen und ich stellte einmal mehr fest, wie sehr ich seine Gegenwart genoss. Wenn er neben mir ritt, fühlte ich mich viel erwachsener und die Welt um mich herum schien heller und strahlender. Viel zu schnell mussten wir umkehren und ritten munter schwatzend zum Hotel zurück.

„Was genau war eigentlich mit diesem goldenen Pferd, von dem das Hotel seinen Namen hat?", wollte er wissen.

Nachdenklich strich ich durch Chess' Mähne. „Ich weiß es nicht genau. Vor vielen Jahren gehörte das Gut wohl einem Mann, der Pferde züchtete. Er hatte eine Tochter und eines Tages schenkte er ihr ein goldenes Pferd. Am Tag vor ihrer Hochzeit verschwand die Tochter mit seinem besten Zuchthengst. Seit diesem Tag hat niemand mehr die Tochter oder das goldene Pferd gesehen. Der Vater des Mädchens hat sich am folgenden Tag auf dem Dachboden erhängt", erzählte ich.

„War dieser Hengst das goldene Pferd?"

„Das weiß ich nicht", gab ich zu. „Der nächste Besitzer, ein Mann, der angeblich aus England kam und eine Verwandte des Gutsherrn geheiratet hatte, baute den Hof zum Hotel um und gab ihm den Namen Golden Horse Hotel", fuhr ich fort.

„Schöne Story! Offensichtlich bin ich nicht der erste Engländer hier." Luke sah mit seinem umwerfenden Lächeln zu mir herüber. Jenes Lächeln, das mich sofort sämtliche goldene Pferde vergessen ließ.

„Oh, es ist so wunderbar hier!" Nike verdrehte schwärmerisch die Augen und tätschelte ihrem tänzelnden Zafir den schweißnassen Hals. „Gleich mein Süßer", tröstete sie ihn.

Ich befand mich wieder auf einem Ausritt, diesmal saß ich auf Nugget und war in Gesellschaft von Nike und Christian. Frau Lund hatte heute nicht reiten wollen, also bewegte ich den Wallach. Vor uns lag der Strand, einladend und beinahe menschenleer. Lachend gab Nike die Zügel frei und Zafir stob davon. Christian und ich bekamen jede Menge Sand ins Gesicht und folgten in gemäßigterem Tempo. Nugget streckte sich unter mir, doch sein Galopp war langsam im Vergleich zu Zafir. Als wir Nike am Ende des Strandes erreichten, grinste ich zu Christian hinüber und klopfte Nuggets verschwitzen Hals.

„Bist du eigentlich mit Nathan zusammen?", fragte Nike auf ihre typisch direkte Art. Ihre Augen funkelten wissbegierig.

„Äh, nein", gab ich überrascht zurück.

Sie runzelte die Stirn. „Warum nicht? Er steht auf dich und ..."

„Hat er das gesagt?", unterbrach ich sie.

„Was?"

„Na, dass er auf mich steht?"

„Nein, das merkt man doch", erklärte Nike in einem Ton, als würde sie mit einem Kleinkind reden. Ich gab mich mit dieser Erklärung zufrieden.

„Außerdem magst du ihn auch, oder?", hakte sie nach. Da hatte sie grundsätzlich Recht. Wenn nur Luke nicht wäre. In meinen Augen ließ er alle anderen männlichen Gestalten im Schatten stehen. Auch wenn Nathan selbst neben Luke äußerst attraktiv war, nur eben ein völlig anderer Typ.

„Ja, natürlich mag ich ihn", meinte ich gedehnt.

Auf dem Heimweg trafen wir Lara auf Angelo, die mit Frau Stjorholm und der Familie Erikson unterwegs war. Frau Stjorholm schnatterte ununterbrochen und ich war bestimmt nicht die einzige, der ihr dauerndes Gerede auf die Nerven ging.

Auch an diesem Abend war ich müde, als ich in mein Zimmer ging. Zufrieden setzte ich mich mit einem dicken Buch aufs Fensterbrett und genoss den Ausblick über die Koppeln und das im Dämmerlicht vor sich hinfließende Bächlein. Nach kurzer Zeit war ich in meinen Kriminalroman vertieft. Gerade als ich an einer besonders spannenden Stelle angekommen war, hörte ich plötzlich scharrende Geräusche und Schritte über mir.

Ich schrak zusammen und wäre beinahe von der Fensterbank gekippt. Unwillkürlich hielt ich die Luft an und lauschte angespannt. Wieder hörte ich eindeutig Schritte. Wer war da oben auf dem Dachboden? Die Schlüssel dazu hatte nur meine Familie. Meine Eltern waren unten und warum sollte Sophie in der Dunkelheit dort oben herumschleichen? Ob es in unserem alten Haus spukte? Vielleicht der Vater des Mädchens, der sich dort oben erhängt hatte?

„Blödsinn", sagte ich halblaut zu mir selbst. „Ich bin fünfzehn und glaube nicht an Gespenster." Trotzdem, ein leichtes Gruselgefühl war da. Aber ich wollte auf jeden Fall herausfinden, wer oder was dort oben war. 00.02 Uhr leuchtete es mir vom Wecker entgegen. Das machte die Sache nicht gerade besser. Offenbar hatte ich beim Lesen, wie so oft, komplett die Zeit vergessen.

Ich schnappte mir eine Taschenlampe und schlich aus meinem Zimmer. Als erstes ging ich zu Sophies Tür und lauschte. Gleichmäßiges Schnarchen drang an meine Ohren. Zögernd stieg ich die Treppe hinauf. Meine Nerven waren zum Zerreißen gespannt, als ich die Klinke drückte. Die Tür war abgeschlossen.

Stirnrunzelnd hielt ich inne, dann nahm ich all meinen Mut zusammen, zog den Schlüssel aus meiner Tasche und entriegelte die Tür. Sie öffnete sich mit einem knarrenden Geräusch und ich starrte in den großen, stockdunklen Raum. Schnell knipste ich die Taschenlampe an und leuchtete umher. Überall standen Kisten und Kartons, doch zu sehen war niemand.

„Hallo?", fragte ich mit zitternder Stimme. Wäre ich ein Einbrecher gewesen, hätte ich beim Klang meiner Stimme vermutlich laut losgelacht. Mir war allerdings nicht nach Lachen zumute. Als ich eine Spinne im Schein der Taschenlampe erblickte, war es vorbei mit meinem Mut. Ich drehte auf dem Absatz um, schloss die Tür hektisch wieder ab und rannte, wohl nicht ganz leise, die Treppe nach unten in mein Zimmer. Dort legte ich mich aufs Bett, zog die Decke bis zum Kinn und wartete, bis sich mein rasender Herzschlag beruhigte.

Ich erzählte niemanden von meinem unheimlichen Erlebnis. Bei Tageslicht erschien es mir lächerlich, wie ich mich gestern angestellt hatte. Am Nachmittag ritt ich mit Sophie, Fanny, Nike und Christian aus. Das Wetter war ideal und die Luft war herrlich warm.

„Wir könnten heute wieder am Strand grillen", schlug Fanny vor. Alle waren begeistert von der Idee. Sophie wollte Adam anrufen, woraus ich schloss, dass Nathan und David auch kommen würden.

Als ich mich am Abend mit Sophie auf den Weg zum Strand machte, trafen wir Luke.

„Hey Luke, willst du mit zum Strand? Wir wollen ein Lagerfeuer anzünden und baden." Sophie sah Luke auffordernd an.

„Ja, warum nicht? Wartet kurz", bat Luke.

Ich war überrascht. Er wollte sich einen Abend voller Teenager antun?

Sophie zwinkerte mir zu. Kurz darauf kam er in Shorts und einem hellen T-Shirt aus seinem Bungalow und lächelte breit. In mir begann es zu kribbeln.

„Nein, ich gehe wegen Nathan hin. Luke ist viel zu alt für mich", sagte ich leise zu mir selbst.

Etwa zwanzig Leute befanden sich am Strand. Heute waren auch einige in Lukes Alter da. Wir hatten großen Spaß und Nathan wich mir kaum von der Seite. Ich hielt Abstand zu Luke und schielte nur manchmal zu ihm hinüber. Es machte mir nicht ganz so viel aus, dass Luke früher heimging und von einer hübschen Brünetten begleitet wurde. Okay, vielleicht verdarb mir die Tatsache, dass Luke mit der jungen Frau verschwand, doch ein wenig den Abend, denn kurz danach wollte ich ebenfalls gehen. Nathan versprach, mich nach Hause zu bringen.

„Was Luke kann, kann ich auch", murmelte ich und willigte ein. Es war schon verwirrend, einerseits mochte ich Nathan gerne und war auch ein bisschen verliebt, aber andererseits wollte ich Luke. Vielleicht weil er so unerreichbar war? Auf dem Heimweg fragte mich auch Nathan nach der Legende des goldenen Pferdes. Bereitwillig erzählte ich ihm das wenige, was ich wusste. Schließlich berichtete ich ihm sogar von gestern Nacht.

„Klingt spannend! Komm, lass uns gleich nochmal nachsehen", schlug er mit kaum verhohlener Begeisterung vor. Ich war zwar nicht erpicht darauf, erneut auf diesen unheimlichen Dachboden zu gehen, aber wenn Nathan dabei wäre, würde es nicht so schlimm werden.

Als wir wenige Minuten später in dem nur von unseren Taschenlampen erhellten Raum standen, war ich schon weniger euphorisch.

Nathan betrachtete es als Abenteuer und blickte sich aufmerksam um. „Wahnsinn, was da für altes Zeug herumsteht!", rief er fasziniert.

Nach einer Weile stellte ich fest, dass sich hier weder ein Gespenst noch ein Mörder aufhielt und wagte es, mich in einer anderen Ecke umzusehen. Wir fanden massenweise Kisten mit Büchern, Briefen und Kleidern.

„Schau mal", rief Nathan. „Das Pferd auf diesem Bild sieht aus wie Chess."

Mit diesen Worten lockte er mich sofort zu sich. Er zeigte auf ein altes Gemälde, das an die Wand gelehnt dastand. Auf dem Bild war ein Fuchs abgebildet, der Chess zum Verwechseln ähnlichsah. Ein wenig stämmiger, und die schmale Blesse stimmte nicht exakt mit

Chess' Keilstern überein, aber eine Ähnlichkeit war definitiv vorhanden. Das Pferd war auf einer Koppel zu sehen. Es tänzelte leicht, den Hals stolz gewölbt.

„Wow. Hilfst du mir, es hinunter zu tragen?", bat ich. Der Rahmen zu dem Bild war altmodisch, würde sich in meinem Schlafzimmer aber sicher gut machen.

„Wer es wohl gemalt hat?", fragte Nathan, nachdem wir das Kunstwerk in mein Zimmer gebracht hatten.

Ich zuckte die Schultern. „Keine Ahnung."

Er untersuchte die Rückseite. „Eine Signatur ist nirgends zu erkennen. Ob es etwas mit dem goldenen Pferd zu tun hat?" Nathan blickte mich neugierig an und sah dann auf seine Uhr. „Himmel, es ist schon nach zwei Uhr. Ich sollte jetzt gehen", meinte er. Trotzdem zögerte er kurz und schien zu warten, ob ich ihn daran hindern wollte.

Doch ich tat nichts, nickte nur und begleitete ihn nach unten vor die Tür. Draußen war es so dunkel, wie es in einer schwedischen Sommernacht eben sein konnte, und noch angenehm mild.

„Danke, dass du mit mir da hoch gegangen bist."

„Gerne", erwiderte Nathan mit heiserer Stimme.

Ich ahnte, dass er mich gleich küssen würde. Auch wenn ich mir nicht sicher war, ob es richtig war, ich war neugierig und wollte es ausprobieren. So wehrte ich mich nicht, als er beide Hände auf meine Taille legte und mich sanft an sich zog. Küssen war einfach, küssen war viel leichter als ich es mir vorgestellt hatte, und es war so schön, dass ich am liebsten nicht mehr damit aufhören wollte. Nach meinem ersten Kuss schlief ich glücklich ein und dachte nicht an Luke.

Mitten in der Nacht erwachte ich. Bevor ich überlegen konnte, was mich geweckt hatte, vernahm ich wieder das Geräusch von Schritten auf dem Dachboden. Ich erschauderte. Wer zum Teufel war das? Mein Frösteln verstärkte sich, als ich keine Schritte mehr, aber an ihrer Stelle ein verzweifeltes Schluchzen hörte. Alles in mir zog sich zusammen, doch das Weinen war gleichzeitig so traurig, dass ich für den, der so voller Kummer war, Mitleid empfand. Trotzdem war es mir im Moment entschieden zu gruselig noch einmal auf den Dachboden zu gehen. Nach kurzer Zeit war das Weinen verschwunden und ich schlief unruhig wieder ein.

Am nächsten Morgen hatte ich es fast geschafft, mir einzureden, dass ich mir die Geschehnisse der Nacht nur eingebildet hatte. Im Stall begegnete mir Luke, der ziemlich müde aussah.

„Hat es noch lange gedauert gestern mit deiner Begleitung?", fragte ich grinsend.

Luke stöhnte. „Sie war unheimlich anstrengend und wollte nach einem Kaffee nicht mehr nach Hause gehen. Irgendwann stand plötzlich ihr Freund vor der Tür, war stinksauer und wollte sie abholen. Das war so unangenehm." Er lachte verlegen.

Ich lächelte auch, aber weniger wegen der bildlichen Vorstellung dieser Situation, sondern mehr, weil ich erleichtert war, dass zwischen ihnen nichts gelaufen war.

„Und wie war es bei dir?", fragte er auf dem Weg zur Koppel. Was sollte ich jetzt sagen? Einerseits wollte ich nicht lügen, andererseits wollte ich nicht mit Luke über Nathan und mich sprechen. Aber ein Kuss? Das bedeutete nicht automatisch, dass wir zusammen waren, oder? Ich blieb Luke die Antwort schuldig, denn in diesem Moment tauchte Frau Stjorholm mit ihrem Pferd auf und verkündete, dass sie jetzt ausreiten wolle. Gerne erklärte ich mich dazu bereit, was mir nicht nur das weitere Gespräch mit Luke ersparte, sondern mir zudem ein dankbares Lächeln von ihm einbrachte.

Als ich kurze Zeit später neben ihr einen Weg entlang trabte, bereute ich meine Entscheidung. Sie redete laut und ununterbrochen, fragte mich alle möglichen Dinge über meine Familie und das Hotel und ich wurde immer genervter. Außerdem hatte sie ihren Wallach kaum im Griff. Der Andalusier sprang herum, wie es ihm gefiel, und machte Chess ganz nervös. Als Chess schließlich auch scheute, regte Frau Stjorholm sich darüber auf, dass ich mein Pferd nicht unter Kontrolle hätte.

Ich biss mir auf die Lippen und versuchte, meine Stute ruhig zu halten. Nach dem Ausritt beschloss ich, dieser Frau in Zukunft aus dem Weg zu gehen. Das Wetter wurde am Nachmittag schlechter und es begann zu regnen. Helen, Luke und die Lund-Kinder tummelten sich in der Reithalle. Ich hatte Lust auf etwas Ruhe und setzte mich in die Sattelkammer, um mich der Lederpflege zu widmen. Gerade als ich eine Trense an ihren Platz zurück hing, rief Nike an. Sie fragte, ob ich Lust hätte, mit ihr und Fanny shoppen zu gehen. Die Sonne lugte wieder hinter den Wolken hervor und ich willigte ein. Einkaufen mit Fanny und Nike machte viel mehr Spaß, als mit meinen Freundinnen in der alten Heimat. Die beiden wollten Details über Nathan und mich wissen und ich erzählte bereitwillig von dem Kuss. Ich musste zugeben, dass ich es kaum erwarten konnte, Nathan das nächste Mal zu sehen.

Er rief an, als ich noch in der Stadt war, und fragte, ob ich mit ihm essen gehen wollte. Natürlich sagte ich zu und blieb gleich in der Stadt. Nike und Fanny fuhren mit dem Bus nach Hause, ich machte mich mit drei Tüten und einem Regenschirm auf den Weg zum Restaurant. In Gedanken ganz bei dem hübschen Sommerkleid, das in einer der Taschen steckte, schlenderte ich die Straße entlang, als ein alter Mann an mir vorbeikam. Er starrte mich entsetzt an und ging dann weiter, so schnell sein Gehstock es erlaubte. Verwirrt blickte ich ihm nach. Was war los? Sah ich so schrecklich aus? Sicherheitshalber begutachtete ich mein Spiegelbild im nächsten Schaufenster. Nein, ich konnte nichts Unnormales feststellen.

Nathan schien nicht zu finden, dass ich abstoßend aussah. Er trug Jeans und eine braune Wildlederjacke, nahm mir zur Begrüßung den Regenschirm ab und küsste mich. Er roch gut nach Aftershave und feuchtem Leder. Ein älteres Pärchen blieb stehen und sah uns lächelnd an. Ich errötete und schob Nathan sanft ins Gebäude. Wir hatten einen schönen Abend bei gutem Essen und ich genoss seine Nähe sehr.

Zuhause in meinem Zimmer stellte ich verwundert fest, dass das Gemälde vom Dachboden andersherum an die Wand gelehnt stand. Ich hatte noch keine Zeit gehabt es aufzuhängen, doch ganz sicher hatte es mit der Vorderseite zur Wand gezeigt, als ich mein Zimmer verlassen hatte. Nun blickte mir das Pferd direkt entgegen.

In den kommenden Tagen war ich glücklich mit Nathan. Er war sehr charmant und ich konnte mir keinen besseren, ersten Freund wünschen. Was mich beunruhigte, waren die unerklärlichen Geschehnisse in unserem Haus. Bald war ich tatsächlich davon überzeugt, dass es hier spukte. Beinahe jede Nacht hörte ich das Weinen von oben. Und mein Bild, welches inzwischen an zwei Nägeln an der Wand hing, hatte zweimal auf dem Boden gestanden. Ordentlich hingestellt und völlig unbeschädigt, die Nägel immer noch in der Wand. Also hatte ich mein Zimmer abgesperrt. Das Bild war zunächst hängengeblieben, doch zwei Tage darauf stand es wieder sorgfältig gegen die Wand gelehnt da. Zwar hatten Sophie und ich am Tag unseres Einzuges festgestellt, dass unsere Zimmerschlüssel auch in das Schloss der jeweils anderen passten, aber meine Schwester schwor, nichts damit zu tun zu haben. Warum sollte sie auch?

Schließlich erzählte ich ihr von den nächtlichen Geräuschen, doch Sophie, die einen gesegneten Schlaf hatte, war nichts dergleichen aufgefallen. Sie sah mich lediglich mit ihrem ganz bestimmten Blick an, der mir sagen sollte, dass sie mich für etwas verrückt hielt.

„Ihr passt gut zusammen, Nathan und du!", stellte Luke unvermittelt fest, als ich an diesem Tag mit Chess aus dem Stall kam.

Ich sah ihn überrascht an und dachte an Nathans Lächeln und seine strahlenden Augen. „Danke. Er ist wirklich nett."

*

Luke fragte sich, warum seine Stimme nicht so fest klang, wie sie eigentlich sollte. Er hatte Gemma und Nathan gestern gesehen, als Nathan sie nach Hause gebracht und zum Abschied geküsst hatte. Sie hatten gut ausgesehen zusammen, aber Luke hatte einen leichten Stich in der Brust verspürt. Dieser tauchte nur auf, wenn er Nathan und Gemma zusammen antraf. Begegnete er Gemma allein und sah, wie glücklich sie war, musste er unwillkürlich lächeln und sich mit ihr freuen.

Es war schon verrückt, wie viel er inzwischen für dieses Mädchen empfand. Doch auch wenn sie in mancher Hinsicht reifer schien als andere Mädchen in ihrem Alter, letztendlich war sie viel zu jung für ihn. Und noch dazu die Tochter seines Arbeitgebers. Luke wusste, dass er seinen Job los wäre, wenn er Gemma nur falsch ansehen würde. Und dass er sich das absolut nicht leisten konnte.

*

Kapitel 4

Emmas Geschichte

Ich führte Chess gesattelt über den Vorplatz und wünschte dem Geschichtsprofessor Herrn Magnusson, der gerade über den Hof spazierte, einen guten Morgen.

„Guten Morgen, Gemma. Na, machst du einen Ausritt?", fragte er freundlich.

„Ja, das Wetter ist herrlich."

„Viel Spaß!" Er hob die Hand zum Abschied.

Ich winkte zurück und schwang mich in den Sattel. Wenig später galoppierte Chess über den weichen Sand. Mein Pferd liebte es, am Wasser zu rennen. Sie reckte den Kopf nach vorn und wollte immer schneller werden. Fast hätte sie mich aus dem Sattel geworfen, als sie vor einer Möwe scheute.

Plötzlich sah ich vor mir eine Gestalt. Als ich näherkam, erkannte ich den alten Mann, der mich letztens in der Stadt so merkwürdig angesehen hatte. In ausreichendem Abstand zu ihm parierte ich Chess durch.

Er sah mich genauso erschrocken an wie neulich. Sein faltiges Gesicht war bleich und seine Hände zitterten. Heute war er ohne Stock unterwegs.

Schnell stieg ich ab und der Mann wich zurück.

„Guten Tag, ich bin Gemma, vom Golden Horse Hotel ...", begann ich unsicher.

Jetzt stand die blanke Angst in seinen Augen. „Was willst du, Emma?", fragte er mit bebender Stimme.

Ich ignorierte, dass er meinen Namen nicht richtig verstanden hatte, das war schon häufiger vorgekommen. Der Mann griff sich ans Herz und verzog schmerzerfüllt das Gesicht.

„Soll ich die Rettung rufen?", fragte ich alarmiert.

„Nein! Verschwinde! Ich will dich nie wieder sehen!", schrie er hysterisch und fuchtelte mit den Armen.

Sofort entfernte ich mich einige Schritte und sah, dass es dem Mann augenblicklich besser zu gehen schien. Verwirrt stieg ich wieder auf und ritt davon. Nach einigen Metern drehte ich mich im Sattel um. Der Mann eilte davon, so schnell ihn seine Beine trugen. Die Begegnung beschäftigte mich noch eine Weile und so wäre ich auf dem Heimweg beinahe in zwei Jogger hineingeritten. Ich entschuldigte mich, sah hinter ihnen her und fragte mich, wie man in seiner Freizeit freiwillig laufen gehen konnte. Man sah es mir zwar nicht an, aber ich war der unsportlichste Mensch, den ich kannte. Bisher war das kein Problem gewesen, doch als ich jetzt kritisch an mir hinuntersah, überlegte ich, ob ich auch einmal eine Runde joggen gehen sollte.

Der alte Mann und ich begegneten uns schneller wieder, als ich dachte. Drei Tage nach dem Vorfall am Strand wollte ich Nathan von seiner Arbeit abholen und ging zum örtlichen Kindergarten. Vierzehn kleine

Mädchen und Jungs tummelten sich in dem übersichtlichen Dorfkindergarten. Mitten unter ihnen waren mein Freund und die Erzieherin. Ich war etwas zu früh und setzte mich auf einen der kleinen Stühle. Eigentlich mochte ich Kinder gerne, wusste aber immer nicht so recht, was ich mich ihnen anfangen sollte. Umso mehr war ich von Nathan beeindruckt, der hier eine ganz neue Seite von sich zeigte, sodass ich ihn immer wieder liebevoll anlächeln musste.

„Ist Nathan dein Freund?", fragte plötzlich ein blondes Mädchen und sah mich aus großen Augen an.

„Ja, das ist er", antwortete ich.

„Nathan ist auch mein Freund", erklärte sie.

„Er ist ein guter Freund, nicht wahr?"

Das Mädchen nickte geschäftig. „Ja, er ist sehr nett! Wie heißt du?"

„Ich bin Gemma, und du?"

„Malin. Hilfst du mir, mein Pferd auszuschneiden?" Sie deutete auf ein ausgemaltes Pferd, das auf dem Tisch lag.

„Natürlich. Das ist ein schönes Pferd. Hast du es selbst ausgemalt?"

Malin nickte stolz. „Ja. Magst du auch Pferde?", wollte sie wissen. Und schon waren das vierjährige Mädchen und ich in ein Gespräch über Pferde vertieft. Sie berichtete, dass ihr Großvater früher als Stallbursche gearbeitet hatte und ihr oft Pferdegeschichten erzählte.

Ich schwärmte von Chess und den anderen Pferden, und versprach Malin, dass sie mich bald im Hotel besuchen dürfte.

Allmählich kamen die ersten Eltern und holten ihre Kinder ab.

Da kam der alte Mann herein. Als er mich erblickte, wurde er wieder kreideweiß und sah mich verängstigt und gleichzeitig wütend an. „Lass meine Enkelin in Ruhe!", schrie er.

Es wurde still im Raum und ich fragte mich, ob ich irgendetwas angestellt hatte. Dann erst begriff ich, dass Malin die Enkelin dieses Mannes war.

„Hallo Opa, das ist Gemma. Sie hat ein Pferd", verkündete Malin schließlich mit heller Stimme.

„Komm sofort hierher, Malin! Wenn dich dieses Mädchen noch einmal anspricht, lauf weg", befahl der Mann.

Malin lief erschrocken zu ihrem Großvater und die Erzieherin betrachtete mich nun misstrauisch.

Nathan war sauer. „Herr Anderson, was hat Gemma angestellt?", wollte er wissen.

Der alte Herr Anderson war so außer sich, dass er nicht sofort antworten konnte.

„Gemma ist meine Freundin, sie wollte mich nur abholen und hat sich mit Malin über Pferde unterhalten. Sie würde nie jemanden etwas antun", erklärte Nathan etwas ruhiger.

Langsam kam Herr Anderson auf mich zu. Ich wollte zurückweichen, saß jedoch immer noch auf dem kleinen Stuhl.

Der Mann legte eine runzelige Hand auf meinen Arm. Sofort bekam ich eine Gänsehaut. „Du bist nicht Emma", stellte er fest.

Ich schüttelte den Kopf. „Ich bin Gemma Bergman, vom Hotel", sagte ich und wünschte, er würde endlich weggehen.

Malin kam zu mir und gab mir ihr Pferdchen. „Schenke ich dir!"

Herr Anderson hatte Tränen in den Augen. Er streckte mir die Hand hin und ich traute mich aufzustehen. „Verzeih mir Gemma, ich habe wohl Gespenster gesehen. Tut mir leid, dass ich mich so merkwürdig benommen habe. Bitte, komm morgen auf eine Tasse Kaffee zu mir. Du kannst Nathan gerne mitbringen. Ich möchte dir einiges erklären", bat er.

„Okay." Ich nickte.

„Nathan weiß, wo ich wohne", sagte er noch und verschwand dann mit Malin.

„Merkwürdig, eigentlich ist Herr Anderson sehr nett und vernünftig. Irgendetwas an dir muss ihn erschreckt haben! Wahrscheinlich, weil du so erschreckend schön bist." Nathan grinste.

Ich verdrehte die Augen und küsste ihn. Damit war das Thema vorerst erledigt. Aber ich war gespannt, was uns Herr Anderson am nächsten Tag erzählen würde. Offenbar sah ich einer gewissen Emma zum Verwechseln ähnlich. Und vor dieser Emma schien er große Angst zu haben.

Nervös ging ich Nathan entgegen, als er mich am Tag darauf mit dem Auto abholte. Ich trug mein neues Sommerkleid und hoffte, dass sich der alte Mann wirklich beruhigt hatte.

Das Zuhause von Herrn Anderson war ein hübsches, altes Häuschen mit einem verwilderten Vorgarten und vielen Blumen. Es sah einladend und heimelig aus. Zögernd läutete ich die altmodische Glocke.

Herr Anderson öffnete die Tür und lächelte.

„Guten Tag, Herr Anderson", begrüßten wir ihn.

„Hallo ihr beiden! Bitte nennt mich Viktor."

Ich lächelte erleichtert. Wenigstens wusste er noch, wer ich war. Im Inneren des Hauses war alles fein säuberlich aufgeräumt und die alten Möbel strahlten eine wohnliche Gemütlichkeit aus. Wir nahmen Platz und Viktor stellte Kaffee und Kanelbullar auf den Tisch. Bevor er sich setzte, ging er zu einem Regal, öffnete die oberste Schublade und zog ein Foto heraus. Langsam kam er zu mir herüber und reichte mir eine alte, leicht vergilbte Fotografie.

Mir blieb beinahe das Zimtgebäck im Hals stecken. Ungläubig starrte ich auf das Porträt eines Mädchens, das kaum älter sein konnte als ich selbst. Gleichzeitig hatte ich das Gefühl, als würde ich in einen Spiegel blicken. Dieselben braunen, großen Augen, dieselben, dunklen, gewellten Haare und beinahe derselbe Gesichtsausdruck.

Nathan öffnete erschrocken den Mund.

Viktor nickte bedächtig. „Versteht ihr jetzt, warum ich so erschrocken bin, als ich dich gesehen habe, Gemma?"

Verblüfft nickte ich. „Wer ist das?", fragte ich, obwohl ich schon ahnte, dass dies Emma sein musste.

„Das", Viktor nahm einen Schluck Kaffee, „ist Emma Carlson. Sie war die Tochter von Benjamin Carlson, dem vor vielen Jahren euer Hof gehörte", erzählte er.

„Sie sah beinahe genauso aus wie ich", stellte ich überflüssigerweise fest.

„Sie war wunderschön", fand Nathan.

„Beides, würde ich sagen", meinte Viktor grinsend. „Ich war damals in Emma verliebt. Wie fast alle jungen Männer im Dorf. Jeder mochte Emma Carlson. Sie war ein kluges, hübsches Mädchen und das einzige Kind von Benjamin Carlson, dem einer der größten Höfe hier gehörte. Ihre Mutter starb, als sie ein kleines Kind war, aber es gab stets eine Haushälterin, die sich um alles kümmerte. Benjamin züchtete edle Pferde, ich arbeitete damals als Stallbursche für ihn. Emmas Lieblingspferd war der wertvollste Zuchthengst ihres Vaters. Ein stattlicher Fuchs namens Golden Dancer. Er sah deinem Pferd sehr ähnlich, deshalb konnte ich es kaum fassen, als ich dich am Strand reiten gesehen habe. Ich dachte wirklich, sie und Golden Dancer wären zurückgekommen oder ich wäre dabei, meinen Verstand zu verlieren." Viktor blickte zur Wand und ich erkannte, dass er im Geiste ganz in der Vergangenheit war.

Tausend Gedanken schwirrten mir durch den Kopf. Das Pferd auf dem Gemälde war bestimmt Golden Dancer, Emmas Pferd. Golden Dancer und Golden Duchess. Ich dachte an Chess' Kauf zurück. Sie sei wegen ihres guten Stammbaumes etwas teurer, hatte der Händler gesagt. Mich hatte ihr Stammbaum nie sonderlich interessiert. Aber nun war ich sicher, dass meine Chess mit Golden Dancer verwandt war. Und der Name ... Golden Dancer. Golden ... das goldene Pferd. Ein Fuchshengst. Viele sagten zu Füchsen auch goldene Pferde. Ob dieser Hengst das goldene Pferd war? Auch unsere Namensähnlichkeit war ein seltsamer Zufall. Emma und Gemma.

„Weißt du etwas über das goldene Pferd?", fragte mein Freund.

Viktor runzelte die Stirn. „Man sagt, Emma hätte es von ihrem Vater bekommen. Aber soweit mir bekannt ist, weiß niemand genau, was es damit auf sich hat."

„War Golden Dancer nicht das goldene Pferd?", hakte ich nach.

Viktor wiegte seinen Kopf hin und her. „Manche glauben das. Ich denke aber nicht. Soweit ich weiß, gehörte er immer Emmas Vater."

„Und was war mit dir und Emma? Wolltest du sie heiraten?", fragte ich neugierig.

Er schüttelte den Kopf. „Natürlich wollte ich das, aber Emma hatte viele Verehrer. Außerdem war sie schon versprochen, an Sven Burman, einem Mann aus dem Dorf. Sven war zur geplanten Hochzeit fast dreißig Jahre alt, Emma sollte mit sechzehn verheiratet werden. Ihr Vater hatte es eilig mit der Hochzeit, um die beiden größten Höfe des Dorfes zu vereinigen. Sven war ein guter Reiter und wollte ausschließlich Schimmel reiten. Obwohl er mächtig und reich war, war er ein grausamer Mann und Emma verabscheute ihn. Leider war er nahezu besessen von ihr. Sie kam oft in den Stall und weinte sich bei Dancer aus, wenn er sie schlecht behandelt hatte. Mir tat es sehr weh, zu sehen, dass so jemand Emma heiraten sollte. Aber Emma liebte heimlich jemand anderen ..."

„Dich, Viktor?", fragte ich gespannt.

Er sah traurig drein. „Sie mochte mich. Doch ich kam niemals gegen Henrik an. Er war Stallhelfer bei den Carlsons, genau wie ich. Henrik sah gut aus mit seinen dunklen Haaren und den fast schwarzen Augen. Obwohl ich Emma verehrt habe, stand Henrik zwischen uns. Mir war klar, dass die beiden zusammengehörten.

Ich weiß nicht, was in der Nacht vor der geplanten Hochzeit passierte, aber ich denke, dass Emma und Henrik gemeinsam verschwinden wollten. Ob sie es geschafft haben, wurde nie bekannt."

Ich erinnerte mich an den merkwürdigen Traum, den ich gehabt hatte, bevor ich das Hotel zum ersten Mal sah. Das war Emma gewesen, da war ich mir nun ganz sicher. Ich hatte sie gesehen und gleichzeitig gefühlt, was sie gefühlt haben musste. Traurig strich ich der getigerten Katze, die auf meine Oberschenkel gesprungen war, über den Rücken. „Sie sind im Bach ertrunken. Emma, Henrik und Golden Dancer", flüsterte ich.

„Wie kommst du denn darauf?" Der alte Mann sah mich entsetzt an.

„Ich habe es damals geträumt, auf der Autofahrt zum Hotel", erwiderte ich.

Viktor runzelte die Stirn. „Der Bach hinter dem Hotel war damals nicht so ein ruhiges Gewässer wie jetzt. Früher war er tief und, wenn er viel Wasser führte, auch sehr reißend", stimmte er zu. „Zu manchen Zeiten wäre es Wahnsinn gewesen ihn überspringen oder durchreiten zu wollen …" Er schwieg kurz. „Allerdings war Emma sehr verzweifelt."

„In meinem Traum wurden sie und Henrik von einem Reiter auf einem Schimmel verfolgt. Das muss Sven gewesen sein!" Ich erinnerte mich schaudernd an das Gefühl der Panik, das ich im Traum verspürt hatte.

Viktor sah nachdenklich aus. „Sven hat damals keinen großen Suchtrupp für Emma engagiert, was alle sehr verwundert hat. Es würde natürlich Sinn ergeben, wenn er ohnehin wusste, dass er sie nicht lebend finden würde. Er heiratete schnell eine andere Frau, die Tochter eines Rinderzüchters aus der Umgebung. Emmas Vater ging wohl ebenfalls von einer Tragödie aus. Vielleicht hat Sven ihm sogar in der Nacht eine verdrehte Version dessen erzählt, was passiert ist. Jedenfalls erhängte er sich in jener Nacht auf dem Dachboden. Als ich am Tag der geplanten Hochzeit zur morgendlichen Stallarbeit erschien, waren Emma, Henrik und Golden Dancer weg. Die Haushälterin hatte soeben den leblosen Körper ihres Herren auf dem Dachboden gefunden", schloss er seine Geschichte.

„Könnte es sein, dass Emma uns etwas sagen möchte?" Ich holte tief Luft. „Dass sie immer noch auf irgendeine Weise hier ist? Es gibt so viele Parallelen zwischen ihr und mir und Golden Dancer und meiner Stute. Ihr voller Name ist Golden Duchess." Die Tatsache, dass Emmas Henrik und Luke sich ebenfalls sehr ähnlich waren, erwähnte ich vor Nathan nicht. Spielte das Schicksal derartig mit uns und führte gewisse Menschen in unserem Hotel zusammen?

Viktor sah mich lange an. „Das ist eine interessante Theorie", meinte er schließlich.

„Wir haben ein Gemälde von Golden Dancer auf dem

Dachboden gefunden", fuhr ich eifrig fort. „Ich fand es hübsch und habe es in meinem Zimmer aufgehängt. Seitdem wurde es beinahe jeden Tag vom Nagel genommen und steht auf dem Boden. Und das auch, wenn ich die Tür abschließe. Außerdem höre ich nachts häufig Schritte auf dem Dachboden und ein unheimliches Weinen."

Der alte Mann sah jetzt noch erschrockener aus. „Das klingt alles sehr merkwürdig. Eine Cousine von Emma und ihr englischer Ehemann erbten den Hof. Sie zogen ein, bauten ihn zum Hotel um und gaben ihm den heutigen Namen. Aber sie blieben nicht lange. Das Paar erzählte unheimliche Dinge über das Haus, aber jeder ging davon aus, dass die Cousine es nicht ertrug, in dem Haus zu leben, in dem ihr Onkel sich erhängt hatte. Die Pferde wurden im ganzen Land verkauft und das Hotel wechselte immer wieder den Besitzer. Niemand behielt das Anwesen lange", berichtete Viktor. „Ich hoffe, du und deine Familie habt mehr Glück, Gemma!"

Wir sahen, dass Viktor allmählich müde wurde und brachen auf.

„Vielen Dank und auf Wiedersehen", verabschiedeten wir uns.

„Auf Wiedersehen, ihr beiden! Ach ja, falls es euch interessiert, es war Henrik, der das Bild von Golden Dancer gemalt hat. Er war ein guter Maler", sagte Viktor noch.

„Henrik? Henrik!" Das Mädchen rannte zu der Box hinten links, in der ihr geliebter Dancer stand.

Henrik striegelte den Schimmel gegenüber. „Emma, was ist passiert?", fragte er besorgt.

Sie war wie immer überwältigt von Henriks Ausstrahlung. „Ich bekomme ein Kind, Henrik! Von dir!", keuchte sie.

Henrik starrte sie an. „Bist du sicher?"

Emma nickte. Sven war streng katholisch erzogen worden. Eine Schwangerschaft vor der Hochzeit käme für ihn nicht in Frage. Henrik nahm sie in die Arme.

„Er darf es nie erfahren", murmelte er.

„Nein. Wir müssen weg. So schnell wie möglich. Ich kann ihn auf keinen Fall heiraten", flüsterte sie.

„Ich liebe dich. Wir schaffen das", sagte Henrik und küsste Emma zärtlich.

In diesem Moment könnte sie nicht glücklicher sein. Sie würde keine einfache Zukunft erwarten, doch es würde eine Zukunft sein, die nur ihr, Henrik und ihrem gemeinsamen Kind gehörte!

Kapitel 5

Nächtliche Aktivitäten

Ruckartig fuhr ich aus dem Schlaf hoch. Was für ein merkwürdiger Traum. Es war, als sähe ich Emma und Henrik, gleichzeitig fühlte ich wie Emma. Als würden mir ihre Gefühle in den Körper gelegt. Ich erinnerte mich noch gut, dass es beim ersten Traum genauso gewesen war. Die Angst und Verzweiflung und das Wissen, dass es vorbei war. Draußen prasselte der Regen gegen die Fensterscheiben und es war dunkel.

Plötzlich hörte ich Hufschläge. Ich stöhnte und rieb mir die Augen. Hatte ich mir das eingebildet? Nein, das Geräusch war wieder da! 03.16 Uhr zeigte mein Wecker an. Um diese Zeit ging niemand ausreiten. Also was war hier los?

Barfuß tapste ich zum Fenster und öffnete es. Kühle, feuchte Nachtluft strömte mir entgegen, aber auf dem Hof konnte ich nichts Ungewöhnliches erkennen. Rasch schlich ich nach unten, zog eine Jacke über mein langes Nachthemd, schlüpfte in Gummistiefel und lief nach draußen. Auf dem Weg zum Stall traf mich der Regen wie eine kalte Dusche. Automatisch fiel mein Blick als erstes auf die Box von Chess. Die Tür war ordentlich verschlossen, doch von meiner Stute war nichts zu sehen. Alle anderen Pferde standen im Stall.

Schnell rannte ich wieder nach draußen und sah mich suchend um. Dabei entdeckte ich an einer Rosenstaude in der Nähe des Stalls ein Stück Stoff. Zögernd ging ich darauf zu und streckte eine Hand danach aus. Ich erstarrte. Das war kein Stoff, aus dem ein modernes T-Shirt gemacht wurde. Es war einer jener alten Stoffe, wie ich sie von den Kisten auf dem Dachboden des Hotels kannte. Hatte ein Gespenst aus der Vergangenheit etwa mein geliebtes Pferd entführt?

Gerade wollte ich zurück ins Haus laufen, um Hilfe zu holen, da hörte ich erneut das Klappern von Hufen. Chess trabte durch das geöffnete Haupttor. Sie sah aufgeregt aus, hatte den Kopf hoch erhoben und prustete, als sie mich sah. Am meisten verwirrte mich, dass sie Sattel und Trense trug. Tränen der Erleichterung stiegen mir in die Augen.

„Chess! Oh, Gott sei Dank!" Behutsam ging ich auf sie zu. Sie wich zurück, ließ sich dann aber einfangen. In diesem Moment kam Luke mit zerzausten Haaren aus seiner Hütte. Er trug Jeans und Schlappen.

„Gemma? Was machst du denn da? Einen nächtlichen Ausritt im Regen und in diesem Aufzug?", fragte er und sah mich an, als hätte ich den Verstand verloren.

Ich schüttelte den Kopf und gemeinsam gingen wir in den trockenen Stall. Während wir Chess absattelten und untersuchten, erklärte ich ihm, wie ich auf den Hufschlag aufmerksam geworden war und schließlich

Chess so aufgefunden hatte. Da entdeckte ich ein zusammengerolltes Stück Papier, mit einer Kordel zusammengebunden und in ihre Mähne eingeflochten. Vorsichtig zog ich es heraus. Die Schrift darauf war altmodisch und verschnörkelt. Das Papier war zerknittert und die Schrift etwas verwischt, aber dennoch lesbar. *Das goldene Pferd gehört mir!* Kälte kroch meinen Rücken hinauf und ich begann zu zittern.

Luke blickte über meine Schulter. Er stand so nah, dass ich die Wärme seines Atems in meinem Nacken spürte.

„Was hat das zu bedeuten?" Verwirrt sah Luke zwischen Chess und mir hin und her.

„Ich habe keine Ahnung. Für einen dummen Streich ist das ziemlich heftig, Chess hätte verletzt werden können." Immer noch zitternd versuchte ich zu begreifen, was hier vor sich ging. Luke legte einen Arm um mich und begleitete mich aus der Box.

„Möchtest du eine Tasse Tee?", bot er an.

Erschöpft aber aufgeregt folgte ich ihm in seine Hütte. Dort setzte ich mich auf die Couch und zog mir die darauf liegende Wolldecke bis unters Kinn. Ich war in Gedanken zu sehr bei meinem Pferd, um zu genießen, dass ich das erste Mal in Lukes Bungalow war. Luke brachte zwei Tassen dampfenden Tee und reichte mir eine davon. „Wer könnte so etwas tun?", fragte er und setze sich zu mir.

„Ich weiß es nicht! Ich habe niemanden etwas getan",
meinte ich. Dann brach alles, was ich über Emma und
das goldene Pferd wusste, aus mir heraus. Ich erzählte
Luke von meinen Träumen, der Sache mit dem Gemälde und den nächtlichen Geräuschen.

*

Luke versuchte krampfhaft nicht daran zu denken, wie
nahe Gemma bei ihm saß und dass sie unter der Wolldecke nichts außer ihrem Nachthemd trug. Er hätte sie
nicht mit in seine Hütte nehmen sollen, doch sie hatte
im Stall so hilflos ausgesehen, dass er sie nicht allein zurück in ihr Zimmer schicken wollte.

Ob Glorys unerklärliches Verschwinden vor einer
Weile etwas mit dem Heutigen von Chess zu hatte? Allerdings waren die Umstände völlig anders gewesen.
Was Gemma da erzählte, schien keinen Sinn zu ergeben. Luke glaubte nicht an Gespenster, höchstens daran, dass manche Menschen eine Gabe hatten, bestimmte Dinge wahrzunehmen. Vielleicht bestand
zwischen Emma Carlson und Gemma tatsächlich eine
Verbindung. Und möglicherweise konnte Gemma deshalb bestimmte Dinge spüren. Trotzdem war Luke
überzeugt, dass hinter den Geschehnissen Menschen
aus Fleisch und Blut steckten. Offensichtlich gab es ein
Geheimnis, das etwas mit dem alten Hotel zu tun hatte.
Brachte es die Pferde und Menschen hier in Gefahr?

*

Früh am nächsten Morgen holte Nathan mich ab. Er hatte frei und wir wollten frühstücken gehen. Meine offensichtliche Müdigkeit fiel ihm sofort auf. Als wir im Auto saßen und die Regentropfen gegen die Scheiben prasselten, erzählte ich ihm von gestern Abend. Ich wusste nicht, ob es ihn mehr schockierte, dass Chess aus ihrem Stall geholt worden war, oder mein nächtlicher Aufenthalt in Lukes Hütte.

Einerseits freute ich mich darüber, dass er eifersüchtig war, andererseits hätte ich von ihm lieber eine Lösung für das Rätsel um das goldene Pferd gehört.

„Womöglich spukt es ja wirklich", meinte er, als wir wenig später in einem Café saßen. In diesem Ambiente kam mir das schon wieder unwahrscheinlich vor.

Nachdenklich rührte ich im Schaum meines Cappuccinos und betrachtete den Strudel, den mein Löffel erzeugte. „Ich will mein Haus aber nicht mit Gespenstern teilen", meinte ich unglücklich und trotzig wie ein kleines Kind.

Nathan rückte näher zu mir. „Vielleicht möchte dir nur jemand etwas mitteilen. Ich glaube nicht an Gespenster, die um Mitternacht mit Ketten rasseln, aber manche Ereignisse lassen sich kaum ohne übernatürliche Kräfte erklären."

Immer noch skeptisch sah ich ihn an. „Aber ein Gespenst, das sich die Arbeit macht, ein Pferd zu satteln und eine Notiz in die Mähne zu flechten?"

Nathan hatte Gemmas Geistergeschichte nur mit halbem Ohr gelauscht, ihn hatte der Teil mit Luke brennender interessiert. Doch Gemma schien endlich ganz ihm zu gehören. Er kannte sie gut genug, um zu wissen, dass gestern Nacht nichts zwischen Luke und ihr passiert war.

Ob Luke etwas mit der Sache zu tun hatte? Immerhin kannte er sich im Stall aus und hätte das Pferd unauffällig herausholen können. Es war merkwürdig, dass der gut aussehende Engländer ausgerechnet in diesem Hotel einen sicherlich nicht besonders gut bezahlten Job als Reitlehrer angenommen hatte.

Nathan behielt diesen Gedanken jedoch für sich. Mit einem solchen Verdacht musste er, vor allem Gemma gegenüber, sehr vorsichtig sein. „Malin hat gefragt, ob ich sie mit zu dir bringen darf. Sie möchte unbedingt die Pferde sehen", wechselte er das Thema. Gemma schien sich zu freuen. Sie verabredeten sich für den Nachmittag. Nachdem sie ausgiebig gefrühstückt hatten, fuhr er seine Freundin nach Hause.

Er stieg mit ihr aus dem Auto und küsste sie lange. Gemma stand in entgegengesetzter Richtung und konnte nicht sehen, dass Luke in diesem Moment aus dem Stall trat. Nathan registrierte nicht unglücklich, dass er bei ihrem Anblick leicht zusammenzuckte.

*

„Welches ist dein Pferd?", fragte Malin. Nathan, Malin und ihr Großvater Viktor waren pünktlich erschienen.

„Komm, ich zeige sie dir." Ich nahm Malin an der Hand und ging mit ihr zur Koppel, auf der Chess graste. Zu meinem Erstaunen kam die Stute, als ich sie rief. Wahrscheinlich war sie neugierig auf den kleinen Menschen, den ich dabeihatte. Es heißt ja, dass Pferde und Kinder einen besonderen Draht zueinander haben. Die beiden verstanden sich ausgesprochen gut.

Viktor war Frau Stjorholm zum Opfer gefallen, die aber zur Abwechslung nicht redete, sondern Viktors Stimme lauschte.

Gerade als ich mit Nathan und Malin die Koppel verließ, kam Luke mit Glory und wollte ihn auf die Weide nebenan stellen.

„Schönes Pferd!" Malin sah Glory mit großen Augen an. Als Luke seinem Pferd das Halfter abnahm, galoppierte der Hengst nicht wie sonst davon, sondern wandte sich dem kleinen Mädchen zu, das staunend am Zaun stand. Es war ein besonderer Augenblick, als die Nase des großen Hengstes über das Gesicht des Mädchens schnoberte. Ich hielt den Atem an. Ein Biss des Pferdes, nicht einmal böse gemeint, könnte das kleine Gesicht für immer entstellen. Doch ich erinnerte mich daran, als ich klein gewesen war. Irgendwie hatte man als Kind einen Instinkt für solche Dinge.

„Möchtest du dich daraufsetzen?", fragte Luke.

Malins strahlendes Gesicht reichte als Antwort.

Ich betrat die Koppel und ging zum Kopf des Hengstes. Luke hob das kleine Mädchen mühelos auf den Rücken des Pferdes. Langsam gingen wir um die Koppel.

*

Nathan beobachtete die Szene vom Zaun aus. Er spürte einen Stich im Herzen. Sie sahen aus wie eine Familie, Gemma, Malin und Luke, der auf Höhe des Mädchens ging, um sie aufzufangen, falls sie ins Rutschen geraten sollte. Malin strahlte vor Glück, Nathan dagegen stiegen Tränen in die Augen. Er konnte sich lebhaft vorstellen, wie Viktor sich damals gefühlt haben musste. Irgendwie würde Luke wohl auch immer zwischen Gemma und ihm stehen. Er kannte genug Mädchen, um zu wissen, dass viele Luke anhimmeln würden. Gemma war da keine Ausnahme. Warum sollte sie ihn lieben, wenn sie Luke haben könnte? Aber könnte sie das? Oder genoss Luke einfach ihre Aufmerksamkeit und belächelte insgeheim Gemmas Schwärmerei?

*

Am gleichen Tag reisten Helens Familie und die Lunds ab. Ich war traurig darüber, dass Helen wegfuhr, aber ansonsten störte es mich nicht, weniger Stress zu haben. Chess forderte mich im Moment genug. Es klappte nun besser mit dem Reiten auf dem Platz. Das schrieb ich aber eher Lukes Kompetenz als Reitlehrer zu, als meinen Reitkünsten. Gegen das Temperament meiner Stute konnte aber selbst er nicht viel ausrichten. Zwar merkte ich es Chess im Gelände meist an, wenn sie vor etwas Angst hatte. Da ich sie aber nicht am Durchgehen hindern konnte, nützte es mir wenig, wenn ich wusste, dass sie im nächsten Moment durchdrehen würde.

*

Zwei Tage später stapfte Luke über die Koppel, um Glory zu holen. Der Hengst war nicht wie üblich zu ihm gekommen als er ihn rief, sondern döste unter einem Baum vor sich hin, entlastete ein Hinterbein und verscheuchte die Fliegen.

Luke ging gerade über die Stelle, wo sich die Pferde immer wälzten, als er im Staub etwas glänzen sah. Verwundert hob er die feine, silberne Kette vom Boden auf. Die Kette war gerissen, nur ein kleiner Teil davon hing an einem herzförmigen Anhänger. Das Schmuckstück sah altmodisch, aber sehr schön aus. Man sah ihm an, dass es schon lange hier liegen musste. Also gehörte es wohl kaum Gemma oder Sophie. Er untersuchte das kleine, silberne Herz mit der hübschen Verzierung und überlegte, ob er sie seinem Arbeitgeber aushändigen sollte. Als er die Kette länger betrachtete, beschloss er, ihren Wert schätzen zu lassen. Die Bergmans hatten im Lotto gewonnen, sie hatten diesen Schmuck nicht nötig. Außerdem hatte er sie gefunden. Vielleicht konnte er mit dem Geld, das er für diese Kette bekommen würde, seine restlichen Schulden begleichen.

Luke dachte an England zurück. Mit dem Gedanken an seine Heimat kamen unweigerlich auch die Erinnerungen an Pamela. Sie waren das perfekte Liebespaar gewesen. Pamela, die blonde Schönheit aus gutem Hause, war eine talentierte Dressurreiterin. Auf der anderen Seite Luke, der dunkelhaarige Draufgänger ohne nennenswerten Schulabschluss, der sich mit Gelegenheitsjobs über Wasser hielt. Er war achtzehn gewesen, als sie sich auf einem Turnier kennengelernt hatten. Pamela war zwei Jahre jünger. Glory hatte er gerade günstig von einem Bekannten bekommen, ein schwieriges Jungpferd, das er selbst zum Springpferd ausbilden wollte. Pamela besaß einen preisgekrönten Rappen namens Starchaser. Und genau wie ein Sternenfänger hatte Luke sich gefühlt, als er Pamela zum ersten Mal gesehen hatte. Sie schien wie von einem anderen Planeten, unerreichbar für ihn. Aber sie verliebte sich in ihn, sehr zum Leidwesen ihrer Eltern. Diese meldeten ihre Tochter an einer Eliteschule in den Vereinigten Staaten an und gingen davon aus, dass sich die Beziehung zu Luke damit erledigen würde. Pamela freute sich auf Amerika und Luke sollte sie begleiten.

Doch so einfach war es für ihn nicht gewesen. Er war bereit, seine Heimat aufzugeben, aber ihm fehlte das Geld. Eine Tatsache, deren Pamelas Eltern sich bewusst gewesen waren. Er lieh sich das Geld bei zweifelhaften Männern, doch bevor Pamela abreiste, wurde seine

Mutter sehr krank. Luke konnte sie nicht verlassen. Pamela flog allein und es dauerte sechs Monate, bis seine Mutter sich erholt hatte. Pamela schien inzwischen ein neues Leben begonnen zu haben und Luke merkte, dass er dieses Leben nicht wollte. Er flog nicht nach Amerika, sondern fasste den Entschluss, irgendwann nach Schweden zu gehen.

Pamela war seine erste und einzige Liebe gewesen. Natürlich hatte er in den Jahren danach einige Freundinnen gehabt, aber es war nicht dasselbe gewesen.

Er war froh, dass die Männer, denen er immer noch Geld schuldete, geduldiger waren, als er anfangs gedacht hatte. Mit den fällig werdenden Zinsen hatte er es bis heute nicht geschafft, das ausstehende Geld zu überweisen. Inzwischen hatte er das Fünffache von dem gezahlt, was er sich damals geliehen hatte. Diese Kette könnte ihm den Rest des Geldes einbringen und er wäre endlich schuldenfrei.

*

Ich sattelte Chess früh am Morgen und ritt zu einem nahegelegenen Waldstück, wo ich mich mit Nike verabredet hatte.

Chess war aufgedreht. Sie sprang herum, buckelte und ging zweimal fast durch. Plötzlich stieg sie und warf sich herum.

Ich hatte keine Chance, mich im Sattel zu halten. Unsanft landete ich mit dem Hüftknochen auf einem Stein.

Mein Kopf schlug hart auf dem Boden auf und mich durchzuckte ein stechender Schmerz. Mühsam setzte ich mich auf und sah mich nach meinem Pferd um. Sie galoppierte schnell von mir weg. Mit schmerzverzehrtem Gesicht kam ich auf die Beine und rieb meine Hüfte. „Chess!", brüllte ich so laut ich konnte. Sofort wurde mir schwindelig und ich fasste mir an den Kopf. Wie durch ein Wunder galoppierte sie einen großen Kreis und kam zu mir zurück. Mit zitternden Händen ergriff ich die Zügel und stieg mit weichen Knien wieder in den Sattel.

Nike wartete bereits auf mich. Zafir stand da und graste friedlich, sie saß locker auf seinem Rücken. Als Zafir uns erblickte, hob er seinen edel geformten Hechtkopf und sah uns aus großen, ausdrucksvollen Augen entgegen. Nike grinste, als sie mich erblickte, doch ihr Lächeln erstarb, als ich näherkam.

„Gemma, ist alles in Ordnung? Du siehst gar nicht gut aus", begrüßte sie mich.

Ich schildete ihr meinen Sturz, versicherte aber, dass alles in Ordnung wäre.

„Freust du dich auf die Schule?", fragte sie und wechselte damit das Thema. Richtig, morgen würde schon die Schule beginnen. Das hatte ich bisher erfolgreich verdrängt.

„Ich habe ein bisschen Angst", gestand ich und erschlug eine Mücke auf meinem Handrücken.

Nike lachte. „Ach was, ich freue mich auch nicht, aber unsere Klasse ist wirklich nett", meinte sie. „Außerdem kennst du schon Fanny und mich."

„Ja, das ist gut", stimmte ich zu.

„Wie gefällt es dir hier eigentlich allgemein?"

„Gut. Es ist schön hier und ich finde es klasse, im Hotel zu leben und Chess direkt bei mir zu haben. Außerdem bin sehr froh, dich, Fanny und deinen Bruder kennen gelernt zu haben. Und dann ist da natürlich Nathan."

Nike grinste. „Liebst du ihn?"

„Ähm, ich bin nicht sicher ..."

„Hat er dich das denn nie gefragt?"

Etwas ratlos schüttelte ich den Kopf. Waren wir dafür nicht zu jung? Außerdem waren wir noch nicht so lange ein Paar. „Nein, hat er nicht. Ich weiß nicht, ob ich ihn liebe. Ich glaube, ich bin nur ..." Mühsam suchte ich nach einem Wort, welches für das stand, was ich für Nathan empfand. „Verliebt. Er bringt mich zum Lachen, er sieht gut aus, ich fühle mich wohl bei ihm ... aber die große Liebe? Ich denke, ich wäre enttäuscht, wenn sie das schon wäre."

„Ich glaube, ich weiß, was du meinst", sagte Nike und tätschelte Zafir. „Ich bin seit gestern Single."

Überrascht blickte ich auf. „Warum?"

„Er wollte unbedingt mit mir schlafen. Ich war nicht so weit und habe ihm das gesagt. Daraufhin hat er sofort Schluss gemacht. Jungs sind alle gleich! Mit Nathan ist es sicher bald dasselbe. Alles ist schön und romantisch und auf einmal ..."

Nike war traurig und verletzt, aber ich weigerte mich zu glauben, dass Nathan auch so war.

Als ich am Abend in mein Zimmer kam, war es schon spät. Bis ich endlich meine Schulsachen gepackt hatte, war es bereits kurz vor Mitternacht. Müde ließ ich mich aufs Bett fallen. Da hörte ich es wieder. Von oben kam klar und deutlich ein leises Weinen. Ich erstarrte und lag steif wie ein gefrorener Fisch im Bett. Neben den schluchzenden Geräuschen, meinte ich, auch Schritte auf dem Dachboden zu vernehmen. Es dauerte nicht lange, dann war wieder alles ruhig. Immer noch lag ich bewegungslos da und atmete flach.

Irgendwann musste ich eingeschlafen sein, denn plötzlich wurde ich von einem Geräusch an meiner Fensterscheibe geweckt. Schon wieder so ein merkwürdiges Ereignis? Dann sagte ich mir, dass Gespenster normalerweise keine Steine gegen Scheiben warfen.

Schnell stand ich auf und öffnete das Fenster. Draußen stand Nathan in Shorts und winkte. Überrascht runzelte ich die Stirn. Was wollte er den hier? Um halb zwei Uhr nachts? Er machte merkwürdige, rudernde Bewegungen. Unwillkürlich musste ich grinsen. So hätte Romeo seine Julia wohl kaum erobert.

„Kommst du mit schwimmen?", rief er, gerade so laut, dass ich es hören konnte.

War er verrückt geworden? Andererseits, warum nicht? Es wäre bestimmt witzig und sehr romantisch, jetzt mit ihm im Meer zu baden. Ohne weiter zu überlegen, zog ich mein Nachthemd aus und kramte in den Schubladen nach meinem Bikini. Ich dachte daran, ein Handtuch mitzunehmen und schlich die Treppe hinunter. Draußen war es noch einigermaßen warm.

„Hey Süße", begrüßte er mich, während ich über den Kies auf ihn zuging. Mir lief ein wohliger Schauer über den Rücken, als ich ihn ansah.

Das Meer war wunderschön, aber etwas unheimlich bei Nacht. Nathan hob mich mühelos hoch und trug mich lachend ins Wasser. Er ignorierte mein Kreischen und fiel mit mir hin. Prustend tauchten wir wieder auf. Ich spuckte einen Mund voll Salzwasser aus und bespritzte ihn. Er lachte und spritzte zurück. Schließlich hielt er mich fest und küsste mich. Wir tobten ausgelassen durchs Wasser, bis es uns zu kalt wurde. Dann eilten wir nach draußen, trockneten uns ab und legten uns auf mein großes Handtuch.

Ich fröstelte, sämtliche Härchen an meinem Körper stellten sich auf. Er küsste mich wieder und strich mir mit der Hand über die Wange. Alles war so unwirklich, die Nacht, das Meer, Nathan.

„Dir ist kalt", stellte Nathan fest.

Natürlich fror ich, wir waren in Schweden und nicht auf einer karibischen Insel. Er rückte näher zu mir und legte einen Arm um mich. Wahrscheinlich wollte er mich nur wärmen, doch plötzlich musste ich an Nikes Worte denken. Augenblicklich verspannte ich mich.

„Alles in Ordnung, Gem?", fragte Nathan und strich mit einer Hand über meine Taille. Auf meiner Hüfte blieb seine Hand liegen. Sofort war die Gänsehaut wieder da. Er war so nah ... so verdammt nah.

„Ich will nach Hause!"

Er sah mich verwirrt an. „Okay."

Ich wusste, dass ich ihn überrascht und verletzt hatte, aber ich musste jetzt allein sein.

Zuhause küsste ich Nathan flüchtig zum Abschied. Als ich wieder in meinem warmen Bett lag, dachte ich, dass ich überreagiert hatte. Was hatte er schon gemacht? Eigentlich gar nichts. Wir hatten geknutscht und uns gestreichelt. Na und?

Unruhig wälzte ich mich hin und her. Die nächtliche Badeaktion war keine gute Idee gewesen, denn jetzt fühlte ich mich aufgekratzt von der Kälte, ängstlich wegen des bevorstehenden Schultags und verwirrt wegen meiner Gefühle für Nathan. Er war schon achtzehn und hatte einige Freundinnen gehabt. Freundinnen, die älter gewesen waren als ich. Freundinnen, mit denen er sicher mehr getan hatte. Was, wenn ich ihm bald zu langweilig werden würde?

Leise schlich sie aus ihrem Zimmer. Ihr langes Schlafkleid behinderte sie, als sie mit bloßen Füßen die Treppe hinunterstieg. Wie ein Schatten lief sie an der Mauer entlang, dann über die Koppel, bis hinunter zu dem kleinen Hengststall. Sie glitt durch die Tür und begrüßte die vier Hengste. Bei Dancer blieb sie stehen. „Na, mein goldenes Pferd, wie geht es dir?", murmelte sie. Manchmal kam es ihr vor, als würde er jedes Wort verstehen.

Die Stalltür öffnete sich und Henrik kam herein. Bei seinem Anblick stiegen ihr vor Liebe Tränen in die Augen

„Emma. Herzlichen Glückwunsch zum Geburtstag", hauchte er und küsste sie. Eine Hand legte er auf ihren Bauch und streichelte sanft darüber. Er zog eine Schachtel heraus und übergab sie ihr.

Emma strahlte, als sie die filigrane, silberne Kette mit dem hübschen, herzförmigen Anhänger herausnahm. „Oh Henrik, vielen Dank!"

„Du kannst sie jetzt noch nicht tragen, das wäre zu riskant, aber ich wollte sie dir unbedingt schenken", meinte er.

Sie küsste ihn. „Ich freue mich so sehr darauf, wenn wir uns nicht mehr verstecken müssen."

Kapitel 6

Besuch aus der Vergangenheit

„Wach auf! Es ist Schule!" Sophie rüttelte unsanft an meiner Schulter.

Ich stöhnte und zog die Bettdecke bis ans Kinn. Mein Magen krampfte sich vor Aufregung zusammen und ich spürte, wie mir übel wurde. Egal, wie sehr Nike unsere Schule gelobt hatte, eine neue Klasse erschien mir furchteinflößend. Im Gegensatz zu meiner Schwester konnte ich nicht gut auf neue Leute zugehen.

Nathan und Adam hatten versprochen, uns am ersten Tag zur Schule zu fahren. Pünktlich standen sie vor der Tür. Das Schulgebäude sah aus, wie Schulen eben aussehen. Ob es von Schule zu Schule große Unterschiede gab? Mich erinnerte diese jedenfalls sehr an unsere vorherige. Nervös fingerte ich am Riemen meiner Tasche herum.

„Gem, das ist nur eine Schule. Sie werden dich mögen, keine Sorge", versuchte Nathan mich zu beruhigen. Er küsste mich und ich erwiderte den Kuss aus Pflichtgefühl. In Gedanken saß ich bereits unbeliebt und allein im Klassenzimmer.

Sophie hingegen war bester Laune und schien sich darauf zu freuen, neue Leute kennenzulernen. Beschwingt ging sie über das Kopfsteinpflaster auf das

Gebäude zu. Ihr weißer Rock wippte bei jedem Schritt und sie erntete bereits jetzt interessierte Blicke von einigen Schülern.

Ich folgte ihr deutlich weniger motiviert. Kurz bevor wir die rot eingefasste Schultür erreichten, sah ich Nike und Fanny mit ein paar anderen Mädchen.

Sophie ging zu ihren Freundinnen, die sie am Strand kennengelernt hatte.

Fanny winkte mich zu sich.

„Mädels, das ist Gemma! Sie wohnt im Golden Horse Hotel", stellte sie mich mit einem breiten Grinsen vor.

In der ersten Stunde hatten wir Englisch bei einer netten, jungen Lehrerin. Wir sollten eine Arbeit in Dreiergruppen machen. Ich wurde in eine Gruppe mit einem dunkelhaarigen Mädchen mit zahlreichen Piercings und einem Jungen eingeteilt. Sie stellten sich vor, doch ich war so nervös, dass ich ihre Namen in der nächsten Sekunde vergessen hatte. Wir waren alle gut in Englisch, also hatten wir die Aufgabe vor den meisten anderen Gruppen beendet.

„Wie gefällt's dir hier?", fragte der Junge und lehnte sich lässig im Stuhl zurück. Er schien einer der beliebteren Jungs in der Klasse zu sein.

„Gut. Es ist sehr … friedlich hier", erwiderte ich.

Er lachte. „Um es nicht langweilig zu nennen. Ich mag deinen schonischen Dialekt."

Ich wusste nicht, was ich darauf antworten sollte.

„Du lebst doch im Hotel. Stimmt es, dass es dort spukt? Weißt du, wo das goldene Pferd ist?" Das dunkelhaarige Mädchen beugte sich gespannt zu mir herüber und klackerte mit dem Stift auf den Tisch.

„Ach komm schon, niemand glaubt diese Geistergeschichten!" Der Junge warf ihr einen genervten Blick zu. „Ignoriere sie einfach, Gemma", empfahl er.

Mit unwissender Miene blickte ich in die Runde. „Nicht, dass ich wüsste. Wer sollte denn spuken?"

Das Mädchen sah enttäuscht aus. „Ach, einige Leute sagen, man könnte Emma Carlson in manchen Nächten weinen hören. Andere erzählen, sie würde in der Dunkelheit auf ihrem Hengst über den Hof reiten."

Mir lief es eiskalt den Rücken hinunter. Das konnte nicht wahr sein, oder? Ich konnte mir unmöglich Dinge einbilden, von denen wirklich Menschen berichteten.

Das gepiercte Mädchen riss mich aus meinen Gedanken. „Wer ist der gut aussehende Typ, der dich hergebracht hat? Dein Freund?"

Der Junge grinste. „Es sah aus, als ob er ihr Freund wäre, oder?"

„Musst du immer alles kommentieren? Dich habe ich nicht gefragt!", meinte sie schnippisch.

Ich stöhnte innerlich. Hatte etwa die ganze Schule unsere Ankunft beobachtet?

„Ja. Das war Nathan, mein Freund", beeilte ich mich zu sagen.

„Amerikaner?"

„Australier", sagte ich knapp.

„Ah, dann ist das einer von den dreien aus dieser WG. Nathan, David, und wie heißt der dritte noch gleich?" Sie sah mich neugierig an.

„Adam. Meine Schwester ist mit ihm zusammen", klärte ich sie auf.

„Deine Schwester? Die hübsche blonde? Ihr seht euch ja gar nicht ähnlich. Ist sie nicht etwas jung für ihn?", plapperte sie.

„Sophie ist fast vierzehn, sie ...", sagte ich, dann wurde ich von ihr unterbrochen.

„Wie auch immer, hättest du etwas dagegen, wenn ich dich für die Schülerzeitung interviewe? Deine Schwester und du seid das Spannendste, was dieses Jahr hier passieren wird!"

„Wie war dein erster Schultag?", fragte Luke.

Ich striegelte Chess und sang völlig unqualifiziert einen Sommerhit mit. Natürlich hatte ich ihn nicht kommen gehört. Mit rotem Kopf fuhr ich herum. „Oh, ganz okay. Es scheinen alle sehr nett zu sein."

Luke lächelte. „Klingt gut. Kommst du mit mir ausreiten?"

Warum machte mein Herz bloß immer einen Sprung, wenn er auf diese Weise lächelte? Allerdings hatte ich beobachtet, dass mein Lächeln eventuell eine ähnliche

Wirkung auf Luke hatte. Eigentlich wollte ich Dressur auf dem Platz üben, aber ...

„Nur ein kurzer Ritt, danach kann ich dir ein bisschen bei der Dressur helfen, wenn du möchtest", bot Luke an.

Ich grinste und willigte ein. Neuerdings konnte er wohl sogar meine Gedanken lesen. Zum Glück nicht alle davon.

Graue Wolken verdunkelten den Himmel, es war schwül und die Mücken umschwirrten uns. Da wir die Pferde gut eingesprüht hatten, gingen die Tierchen auf uns Menschen los. Die Luft roch nach Sommer, Gras, Pferden und Insektenschutzmittel. Chess war so verspannt, dass Luke und ich die Notwendigkeit einer Dressurstunde deutlich erkannten.

Die Reitstunde nach dem Ausritt war eine Katastrophe. Nach zwanzig Minuten entließ Luke uns mit einer Lektion, die Chess und ich gut beherrschten. Ich war gänzlich unzufrieden und spürte, dass auch Luke frustriert war. Chess und ich könnten es eigentlich, aber trotzdem funktionierte es nicht. Meine Stute benahm sich unmöglich und spielte verrückt. Aber ein Gutes hatte dieser Tag trotzdem. Die nervige Frau Stjorholm reiste ab.

In der Nacht hörte ich das Geräusch von Hufschlägen. Zuerst dachte ich, ich bildete es mir aufgrund des

Geredes meiner Mitschüler ein, aber dann hörte ich das Klappern immer deutlicher. Schnell stand ich auf und ging ans Fenster. Draußen war weit und breit kein Pferd zu sehen.

Ich ging zu Sophie und weckte sie.

„Was willst du?", fragte sie und gähnte.

Flüsternd erklärte ich es ihr.

„Du spinnst", behauptete sie, stand aber auf und ging leise mit mir hinaus.

Alle Pferde befanden sich in ihren Boxen. Im Hof waren keine Hufspuren zu erkennen. Wo immer ich auf den Boden starrte, sah ich nur meine weißen Turnschuhe und den Kies.

„Was ist das?", fragte Sophie plötzlich und hielt mir mit weit aufgerissen Augen ein Stück altmodischen Stoff entgegen.

Wenig später saßen wir auf meinem Bett und musterten das Stück Stoff. Es war das gleiche Material wie der Stofffetzen, den ich in der Nacht gefunden hatte, als Chess aus dem Stall verschwunden war. Ich steckte beide Stoffteile in eine kleine Kiste, in der auch der Zettel lag, der in Chess Mähne geflochten gewesen war.

„Das ist wirklich merkwürdig", gab Sophie zu. „Die Sache mit deinem Bild und die Geräusche, die du nachts hörst. Ich höre nie etwas."

Als Nathan am nächsten Abend zu mir kam, sah er beunruhigt aus.

„Was ist los?", fragte ich, nachdem wir uns begrüßt hatten.

„Gemma, weißt du irgendetwas Neues über das goldene Pferd?", fragte er.

„Nein, wieso?"

„Ich weiß, das klingt wie in einem schlechten Film, aber Viktor hat einen Drohbrief erhalten. Er soll das goldene Pferd finden. Darin steht, dass Malin etwas passieren wird, wenn er es nicht schafft!"

„Was? Aber Viktor weiß doch auch nichts!"

Er nickte. „Irgendjemand muss es auf das Pferd abgesehen haben und wissen, dass Viktor früher hier Stallbursche war."

Wir überlegten hin und her, doch wir konnten uns auf nichts davon einen Reim machen.

Am folgenden Tag hatte ich früher Schulschluss und wollte die Zeit zum Reiten nutzen. Inzwischen graute mir davor, mit Chess ins Gelände zu gehen. Doch ohne Übung konnte es nicht besser werden. Chess war wieder sehr aufgedreht. Ich ließ sie auf einem Waldweg antraben und hatte Mühe, sie in dieser Gangart zu halten. Ihr Trab wurde immer härter, je schneller sie lief, und sie warf mich mit jedem Schritt mehr im Sattel herum.

Plötzlich tauchte am Wegrand ein Spaziergänger mit Hund auf. Chess ging durch. Bäume rauschten an mir vorbei, unter uns flog der Weg in beängstigender

Geschwindigkeit dahin. Ich verlor beide Steigbügel und versuchte, mich mit aller Kraft oben zu halten. Doch als Chess um eine scharfe Kurve rannte, wurde ich ausgehebelt und fiel hart auf den Waldboden. Alles um mich herum wurde schwarz.

„Gemma? Gemma, hörst du mich?"

Ich hatte keine Kraft die Augen zu öffnen. Mein Kopf tat höllisch weh. Alles, worauf sich mein Körper konzentrierte, war Lukes Stimme und seine Anwesenheit, die ich intensiv spürte.

„Gemma?", fragte er eine Spur ängstlicher.

Ein leichter Schauer überlief mich, als seine Hand meinen Hals berührte, um den Puls zu fühlen.

„Gemma, bitte wach auf!"

Blinzelnd öffnete ich die Augen und blickte direkt in die von Luke. Sein Gesicht war ganz nahe an meinem. Er sah besorgt aus und musterte jeden Zentimeter meines Gesichtes. Als ich ihn ansah, schien ihn eine Welle der Erleichterung zu überfluten. Ein Lächeln zuckte über seine Lippen. Dann kehrte der bekümmerte Ausdruck in sein hübsches Gesicht zurück.

„Bist du okay? Beweg deine Beine!", bat er.

Aber ich lag nur da und sah ihn an. Er war so perfekt. Die gebräunte Haut, die dunklen Haare, die tiefbraunen Augen. Für mehr war im Moment kein Platz in meinem Gehirn.

„Gemma!" Seine Stimme wirkte unerträglich laut.

Gehorsam wackelte ich mit den Füßen. Ich wollte mich aufsetzen, doch Luke drückte mich sanft auf den Waldboden zurück.

„Bleib liegen, Gem, ein Rettungswagen ist schon unterwegs."

„Mir geht's gut", protestierte ich schwach.

„Ja, das sehe ich", meinte er sanft.

„Was ist mit Chess?" Gerade war mir meine Stute wieder eingefallen. Hoffentlich hatte sie jemand gefunden. Luke legte beruhigend eine Hand auf meinen Arm.

„Sie ist nach Hause gekommen. Ihr geht es gut, keine Angst."

Wenig später kamen zwei Sanitäter und verfrachteten mich auf eine Trage.

Luke durfte mitkommen und ich war froh, dass er dabei war. Er hielt meine Hand in seinen großen, rauen Händen und strich zärtlich darüber.

Im Krankenhaus erwarteten mich bereits ein Arzt, Nathan und meine ganze Familie. Der Arzt untersuchte mich, stellte eine leichte Gehirnerschütterung fest und sagte, ich solle eine Nacht zur Beobachtung im Krankenhaus bleiben. Ich war unendlich müde, konnte keinen klaren Gedanken mehr fassen und wollte nur schlafen. Meinen schweren, pochenden Kopf auf das nach Desinfektionswaschmittel riechende Kissen legen und die Welt um mich herum vergessen. Alles war so blendend weiß, was meine Augen zusätzlich anstrengte.

Immer wieder schlief ich kurz ein und wenn ich aufwachte, war ich fast nie allein.

„Gemma?" Nathan nahm vorsichtig meine Hand, so als hätte er Angst, sie könne zerbrechen.

Automatisch verglich ich seine Berührung mit der von Luke. Ich blickte in Nathans Augen und sah darin seine Gefühle für mich, doch ich wünschte tief in mir, dass es Luke wäre, der meine Hand jetzt halten würde. Der nächste Tag im Krankenhaus war nicht mehr so schlimm. Ich konnte wieder klarer denken und abgesehen von den Kopfschmerzen ging es mir recht gut. Gerührt betrachtete ich die Blumen, die mein Krankenzimmer etwas mit Farbe füllten. Wenn nur nicht dieser lästige Schwindel wäre, der mich beim Aufstehen sofort erfasste. Nathan war dabei, als meine Mutter schließlich kam, um mich abzuholen. Ich schwankte, doch er fing mich auf und hielt mich mit starken Armen fest.

Daheim wurde ich sofort auf mein Zimmer geschickt, wo ich mich wieder hinlegen musste. Nathan war rührend, er brachte mir Tee und fragte andauernd, ob ich irgendetwas bräuchte. Den ganzen Tag saß er an meinem Bett, während ich immer wieder wegdämmerte. Er war da, wenn ich aufwachte, und stützte mich, wenn ich aufstehen musste, um auf die Toilette zu gehen. Als es Abend wurde, schleppte er eine Matratze in mein Zimmer und schlief auf dem Boden. So verbrachte ich die erste, gemeinsame Nacht mit meinem Freund anders, als wir es uns wohl beide vorgestellt hatten.

Der durchdringende Klingelton von Nathans Handy weckte mich am nächsten Morgen. Erschrocken riss ich die Augen auf und hob vorsichtig den Kopf. Der erwartete Schmerz blieb aus. Nathan war offensichtlich müder als ich, denn er erwachte davon nicht.

„Nathan? Dein Handy klingelt", sagte ich so laut, dass er schließlich aufwachte.

Er rollte sich blitzschnell herum und ergriff das Telefon. Sein Gesicht wurde bleich. „Was? Danke, dass du angerufen hast", verabschiedete er sich.

Ich sah ihn fragend an.

„Viktor hat noch einen Brief bekommen. Darin steht, dass Malin etwas Schlimmes passieren wird, wenn er das goldene Pferd nicht bis nächste Woche beschaffen kann. Und natürlich darf er keine Polizei einschalten."

„Wie soll das gehen?"

„Ich weiß es nicht. Vielleicht existiert das goldene Pferd gar nicht! Oder nicht mehr."

Ich nickte. „Nein, wahrscheinlich war es einfach der Hengst." Mein Blick fiel auf das Bild an der Wand. „Eventuell ist aber auch das Gemälde gemeint", überlegte ich laut.

Nathan sah mich zweifelnd an. „Hat Viktor nicht gesagt, Emma hätte das goldene Pferd von ihrem Vater bekommen? Das Bild hat Henrik gemalt."

„Hm, stimmt. Aber möglicherweise hatte ihr Vater Henrik damit beauftragt, es zu zeichnen. Vielleicht ist es wertvoll."

„Wir sollten es herausfinden", meinte Nathan zustimmend.

„Eine andere Möglichkeit haben wir ohnehin nicht. Aber wir müssen ganz sicher sein, bevor wir es Viktor geben." Es war erst halb sechs Uhr morgens und Nathan hatte noch etwas Zeit, bevor er in den Kindergarten musste. Rasch tippte ich Henriks Namen in die Suchmaschine auf meinem Handy ein. Es kamen einige Treffer, doch keiner schien der richtige Henrik zu sein.

„Wir fragen einen Kunsthändler", entschied ich. „Kannst du mich mit dem Bild in die Stadt fahren? Zurück nehme ich den Bus."

„Deine Eltern werden mich umbringen", meinte er wenig begeistert.

„Komm schon. Ich fühle mich viel besser und schließlich geht es um Malin!"

Das überzeugte ihn. Sobald wir angezogen waren, machten wir uns auf den Weg in die Stadt. In der Hand hielt ich das Bild, die Adresse eines Kunsthändlers hatte ich auf dem Handy gespeichert. Nathan ließ mich aussteigen und fuhr zur Arbeit.

Der Kunsthändler war ein netter, älterer Mann mit einer Halbmondbrille. Er begutachtete das Bild und den Rahmen sorgfältig und schätzte es auf die richtige Zeit.

„Es ist ein sehr schönes Gemälde. An einen Pferdeliebhaber kannst du es eventuell zu einem guten Preis verkaufen, aber wertvoll ist es nicht. Der Künstler ist leider vollkommen unbekannt", sagte er mit ehrlichem Bedauern.

Ich bedankte mich und fuhr niedergeschlagen mit dem nächsten Bus nach Hause, dabei tippte ich eine Nachricht an Nathan.

Luke hatte vorgeschlagen, Chess wegen ihrer Nervosität von einem Tierarzt untersuchen zu lassen. Am Nachmittag stand ich gemeinsam mit ihm und Dr. Nyström in der Stallgasse vor meiner Stute. Luke hatte Chess vor den Augen von Dr. Nyström geritten und sie war nicht ruhiger gewesen als bei mir.

„Hm, ich bin ehrlich gesagt etwas ratlos", gab der Tierarzt zu. Ich hatte sämtliche Unterlagen von der Ankaufsuntersuchung vorgezeigt, damals waren alle Röntgenbilder, der Urin und das Blutbild unauffällig gewesen.

„Soweit ich es beurteilen kann, ist sie vollkommen gesund. Du gibst ihr das richtige Futter, auch mit den Zähnen ist alles in Ordnung. Wir können alle Untersuchungen erneut machen, aber da seit der Ankaufsuntersuchung noch kein Jahr vergangen ist, würde ich mir davon nicht viel versprechen", erklärte er. Der Tierarzt tätschelte Chess den Hals und verließ den Stall.

„Gleich kommt ein Gast mit eigenem Pferd", sagte Luke mit einem Blick auf die Uhr.

„Hoffentlich jemand sympathisches, der gut reiten kann", meinte ich. In Gedanken war ich aber immer noch bei Chess.

„Hoffe ich auch", antwortete er grinsend.

Wie sehr ich dieses Grinsen liebte. Wenn ich es sah, ging es mir jedes Mal etwas besser. Gemeinsam verließen wir den Stall und traten gerade durch die Tür, als ein Auto mit Pferdetransporter auf den Hofplatz fuhr. Kurz bevor wir das Fahrzeug erreichten, öffnete sich die Fahrertür und eine junge Frau stieg aus. Sie hatte langes, blondes Haar und trug eine dunkle Sonnenbrille. Die Frau schien durch mich hindurchzusehen und starrte nur Luke an. Diese Reaktion hatte ich schon oft beobachtet, sie überraschte mich nicht.

„Luke?", fragte die Blondine tonlos.

„Pamela?", flüsterte er mit einer Stimme, die ich bisher noch nie von ihm gehört hatte. Er klang verunsichert und glücklich zugleich. Dass die beiden einander kannten, hatte ich natürlich nicht erwartet.

*

Luke konnte es kaum fassen. Er war dabei gewesen, sie zu vergessen. Und dann kam sie ohne jede Vorwarnung zurück in sein Leben. Er hatte keine Ahnung, wie er damit umgehen sollte. Pamela sah aus wie damals. Vielleicht war sie sogar noch hübscher geworden. Alles an ihr war so vertraut. Sie trug eine Sonnenbrille, aber er wusste, dass ihre faszinierenden, bernsteinfarbenen Augen zum Vorschein kommen würden, wenn sie die Brille abnahm. Er wusste, wie sie unter ihren Klamotten aussah und welches Parfüm er riechen würde, wenn er sich ihr näherte. Er wusste so viel von ihr. Doch war sie immer noch die gleiche Frau, die er damals zu lieben geglaubt hatte?

*

Ich war überfordert mit der Situation und stand stumm auf dem Hofplatz.

Luke riss sich als erster aus seiner Starre. „Pamela, das ist Gemma, eine Tochter des Hotelbesitzers. Gemma, das ist Pamela", stellte er uns einander vor.

Mir war aufgrund ihres Verhaltens klar, dass die beiden mehr gewesen waren als nur Bekannte.

Pamela reichte mir mit einem unverbindlichen Lächeln die Hand. Mir wurde schwindelig. Ich wollte es gerne auf meinen Unfall schieben, doch ich wusste, dass das nichts damit zu tun hatte.

„Hast du ...?" Luke deutete auf den Transporter.

„Oh, ja natürlich. Ich habe Starchaser dabei."

Gemeinsam mit Luke öffnete ich die Rampe und Pamela führte einen schwarzen Wallach heraus. Das Pferd war in einer perfekten Verfassung und bestimmt sehr teuer gewesen. Er war gut bemuskelt und ich tippte aufgrund des Körperbaus auf ein Dressurpferd.

Ich sah zu, wie Pamela zwischen Luke und Starchaser in den Stall ging. Ihre Hände berührten sich wie zufällig und sie lächelten einander an. Sie schienen sehr vertraut. Was wohl zwischen den beiden passiert war? Es wirkte auf mich nicht so, als hätten sie sich wegen eines Streites getrennt.

Plötzlich hatte ich das Gefühl, ich hätte in unserem eigenen Stall nichts zu suchen. Also ging ich in mein Zimmer. Dort setzte ich mich aufs Bett und durchforstete Lukes Social Media Account. Sein Profilfoto zeigte ihn auf einem Turnier mit Glory, der übrige Account gab kaum Informationen preis. Ungeduldig scrollte ich durch seine Freundesliste und fand Pamela. Ihre Seite war wesentlich aufschlussreicher. Systematisch arbeitete ich mich von unten nach oben durch ihre Chronik. Jede Menge Fotos mit ihren Freundinnen und Fotos mit Luke, als er jünger war. Sie sahen glücklich zusammen aus. Besuch einer englischen Eliteschule, danach eine berühmte Universität in den Vereinigten Staaten. Aus dieser Zeit gab es keine Fotos mehr mit Luke. Aktuell besuchte sie wohl die Universität von Stockholm. Diese gehörte weltweit zu den besten einhundert, war also wahrscheinlich gerade gut genug für Pamela.

Kapitel 7

Tage der Tränen

In der nächsten Woche tat sich nichts Neues. Malin wurde gut behütet und es gab keine weiteren Briefe. Luke und Pamela hingen andauernd zusammen und ich unternahm schöne Dinge mit Nathan. Doch je öfter ich Luke und Pamela gemeinsam sah, desto eifersüchtiger wurde ich.

Eines Abends verließ ich den Stall und machte mich auf den Weg zum Haus. Da hörte ich Schritte. Zwei Personen überquerten den dämmrigen Hofplatz. Irgendetwas brachte mich dazu, mich an die Stallmauer zu drücken und zu lauschen.

„Was ist eigentlich mit der hübschen Blondine?", hörte ich Mikael fragen.

„Pamela?" Die Stimme gehörte Luke. „Wir waren früher zusammen. Aber dann ist sie nach Amerika gezogen. Jetzt studiert sie in Stockholm. Sie hat meine Eltern kontaktiert und wusste deshalb, wo ich arbeite."

Aha, Pamela hatte ihren überraschenden Auftritt bei uns also genau geplant.

Luke redete weiter. „Sie sagt, sie würde mich immer noch lieben. Ich weiß nicht, wie das weitergehen soll. Ich kann hier nicht so ohne weiteres weg und mit ihr nach Stockholm gehen, oder?"

Erschrocken keuchte ich auf. Gehen? Luke konnte mich nicht einfach so verlassen!

Mikael lachte auf. „Wenn du nicht mit ihr gehst, ich würde es machen!"

Die jungen Männer trennten sich scherzend und jeder verschwand in seiner Hütte.

Ich atmete mehrere Male tief durch, dann ging ich in mein Zimmer und ließ mich aufs Bett fallen. Lange lag ich nur da und weinte vor mich hin, doch irgendwann hörte ich ein Schluchzen, das nicht von mir kam. Als ich auf die Uhr blickte, stellte ich fest, dass es bereits Mitternacht war. Wie üblich verstummte das Weinen so plötzlich, wie es gekommen war.

Leise stand ich auf und öffnete das Fenster. Ich fröstelte, als die kühle Abendluft in mein Zimmer wehte. Meine Tränen trockneten in der leichten Brise und hinterließen klebrige Spuren auf meinen Wangen. In Lukes Hütte brannte Licht. Wie ferngesteuert ging ich nach draußen, schlich zu Lukes Bungalow und spähte durchs Fenster. Eigentlich ahnte ich, was ich sehen würde, trotzdem brach es mir fast das Herz, als ich Pamela und Luke zusammen sah. Diese Zärtlichkeit, mit der sie sich berührten und küssten. Augenblicklich stiegen mir wieder Tränen in die Augen und ein Schmerz, der fast körperlich war, durchfuhr mich. So etwas hatte ich noch nie gefühlt. Lautlos weinte ich, konnte den Blick aber nicht abwenden. Vielleicht war es gut, dass sie irgendwann in ein anderes Zimmer gingen. Allerdings wusste ich, dass es das Schlafzimmer war, was die Sache nicht besser machte. Aber nun konnte ich meinen Blick endlich losreißen. Ich ließ mich auf den Kies sinken und es war mir egal, dass sich die kleinen Steinchen in meine Haut bohrten. Den Kopf in die Hände gelegt, ließ ich meinen Tränen freien Lauf. So saß ich da, bis ich vor Kälte zitterte. Irgendwann ging ich wie in Trance in mein Zimmer zurück, legte mich aufs Bett und wurde bis in die frühen Morgenstunden von Weinkrämpfen geschüttelt.

Der nächste Tag in der Schule war der blanke Horror. Zwar hatte ich mir bereits zwei Stunden vor Schulbeginn kalte Waschlappen ins Gesicht gelegt, um mein geschwollenes Gesicht wieder normal aussehen zu lassen, dennoch sah ich krank aus. Die anderen schoben das zum Glück auf meinen Unfall. Nur Fanny sah mich immer wieder prüfend an. Ich hatte weder die Kraft, noch die Lust, mit irgendjemanden über Luke zu reden. Es regnete in Strömen, das Wetter passte also perfekt zu meiner Gemütslage. Selbst die Lehrer schienen meine Verfassung zu bemerken und ließen mich in Ruhe. So konnte ich ungestört an Luke denken.

Nathan holte mich von der Schule ab. Auf der Fahrt nach Hause sah ich aus dem Fenster, betrachtete meine Umwelt durch die vom Regen nassen Scheiben und bekam von dem, was ich sah, kaum etwas mit. Ich spürte, dass Nathan mich immer wieder ansah.

„Gemma, was ist los?", fragte er schließlich.

„Nichts, es ist alles in Ordnung", log ich. Was sollte ich auch sagen? Sorry, aber ich bin eifersüchtig, weil Luke eine Freundin hat? Eher nicht.

Nathan presste die Lippen aufeinander. Es tat mir leid, dass ich so kühl zu ihm war, aber mir stiegen beim Gedanken an Luke sofort Tränen in die Augen und meine Stimme drohte zu versagen. Der Schmerz in Nathans Augen, als ich ihn bat, mich allein zu lassen, war nicht zu übersehen. Auch wenn er es gut meinte, Nathan war der letzte, den ich jetzt um mich haben wollte.

Im Stall traf ich prompt auf Luke. Als ich an ihm vorbeiging, schien er etwas sagen zu wollen, doch er klappte den Mund schnell wieder zu, als Pamela hereinkam.

„Ich gehe reiten", murmelte ich.

„Bei diesem Wetter?" Luke sah mich besorgt an.

„Es regnet kaum noch."

„Pass gut auf dich auf", bat er.

Die Sorge in seiner Stimme berührte etwas tief in mir und sofort musste ich mit den Tränen kämpfen.

Ich nickte und verließ mit Chess den Stall. Wie hatte ich mir je einbilden können, dass etwas aus uns werden könnte? Ich war die minderjährige Tochter seines

Arbeitgebers, in seinen Augen ein kleines Mädchen. Er musste nett zu mir sein. Und ich dumme Gans hatte mir sonst was eingebildet.

Ich ritt über matschige Wege in den Wald hinein. Das Wasser tropfte von den Bäumen auf meine Jacke und hinterließ dunkle, nasse Flecken auf dem goldenen Fell meines Pferdes. Chess schnaubte unwillig. Schnell ahnte ich, dass es keine gute Idee gewesen war, allein auszureiten. Warum konnte ich nicht wenigstens beim Reiten Erfolg haben? In der Schule lief es im Moment nicht gut, mit Chess funktionierte nichts und an mein Liebesleben wollte ich gar nicht erst denken.

Ohne jede Vorwarnung explodierte Chess förmlich, raste los und ich stürzte. Zwar landete ich diesmal im weichen Schlamm und verletzte mich nicht, trotzdem blockierte etwas in meinem Inneren. Mein Körper und mein Gehirn warnten mich eindringlich davor, nochmal in den Sattel zu steigen. Ich war froh, als Chess zurückkam, zitterte jedoch so heftig, dass ich darauf verzichtete, wieder aufzusteigen. Meinem Pferd war nichts passiert und sie tänzelte auf dem Heimweg aufgekratzt neben mir her. Mir war klar, dass ich wieder aufsteigen musste, wenn ich diese Angst nicht ewig mit mir herumtragen wollte, doch ich zögerte es hinaus, bis wir fast wieder zuhause waren. Mit einem mulmigen Gefühl kletterte ich schließlich in den Sattel. Dort saß ich stocksteif und hatte regelrecht Panik, mein eigenes Pferd zu reiten. Ich musste meine ganze Willenskraft aufbringen, um nicht sofort wieder abzusteigen. Voller Anspannung nahm ich die Zügel viel zu kurz und Chess regte sich immer mehr auf. Als wir wie durch ein Wunder heil zum Hotel zurückkamen, sah ich Pamela auf dem Reitplatz. Sie absolvierte mit Starchaser einige schwierige Dressurlektionen. Ihr heller Pferdeschwanz wippte elegant, sie saß wie angegossen im Sattel und alles wirkte leicht und vollkommen mühelos. Neidisch wandte ich den Blick ab. Bei ihr funktionierte wohl einfach alles.

Eine weitere Woche verging. Eine Woche, in der ich nur kühl mit Nathan redete und Ausreden erfand, um nicht reiten zu müssen. Ich zog mich immer mehr zurück und unternahm nichts mehr mit meinen Freunden. Die meiste Zeit verbrachte ich in meinem Zimmer und wenn meine Eltern kamen, tat ich, als würde ich lernen.

„Gemma, soll ich dir eine Reitstunde geben?"

Ich hatte Luke nicht kommen hören, als ich an den Koppelzaun gelehnt dastand und meinem Pferd beim Grasen zusah. Erschrocken zuckte ich zusammen. „Nein danke, ich muss noch ein Referat vorbereiten", sagte ich schnell und wandte mich ab, ohne ihn anzusehen. Vor meiner Zimmertür holte ich den Schlüssel aus meiner Hosentasche. Meine Hände zitterten leicht und ich brauchte einen Moment, bis ich es schaffte, den Schlüssel in das Loch zu stecken und aufzuschließen. Als ich den Raum betrat, bemerkte ich, dass ich nicht allein war. Beinahe hätte ich laut aufgeschrien. Drinnen stand ein junger Mann und hielt einen kleinen, schwarzen Gegenstand in der Hand. Offenbar hatte er ihn von meinem Schrank gehoben oder wollte ihn dort oben platzieren.

„Erik? Was tust du denn hier?", rief ich mit schriller Stimme. Unser Stallhelfer schien nicht zu wissen, wie er diese Situation rechtfertigen sollte.

„Was hast du da?", zischte ich. „Gib das her!" Ich hatte keine Ahnung, woher ich dieses autoritäre Auftreten nahm, wahrscheinlich überspielte ich damit meine Unsicherheit.

Zögernd reichte er mir das Objekt. Es handelte sich um einen kleinen Tonspieler.

„Was zum Teufel soll das?" Ich drückte auf Play und ein mir nur allzu bekanntes Schluchzen erklang. Erst jetzt bemerkte ich, dass das Bild von Golden Dancer nicht mehr an der Wand hing, sondern auf dem Boden stand. Das Schluchzen erfüllte immer noch den Raum. Ich drückte auf Pause und augenblicklich wurde es still.

Erik räusperte sich. „Es tut mir leid, Gemma", sagte der junge Mann schließlich.

„Warum hast du das gemacht? Warum wolltest du mich glauben lassen, dass es hier spukt?"

„Meine Eltern haben mich gezwungen."

„Deine Eltern?" Skeptisch hob ich die Augenbrauen.

„Du kennst sie als Frau Stjorholm und Herr Magnusson. In Wahrheit heißen wir Burman mit Familiennamen. Wir haben gefälschte Ausweise und Vater hat sein Äußeres leicht verändert. Er ist von hier weggezogen, bevor er Mutter kennengelernt hat, trotzdem wollte er nicht das Risiko eingehen, möglicherweise von einem der Dorfbewohner erkannt zu werden. Wir ..."

„Stopp!", unterbrach ich ihn und hob abwehrend die Hände. Unfassbar genug, dass unser nervigster Gast und der angebliche Professor verheiratet und die Eltern unseres Stallburschen sein sollten, auch bei dem Familiennamen klingelte etwas bei mir. „Burman? Etwa wie Sven Burman?"

Erik nickte. „Mein Großvater war Sven Burman. Ihm sollte das Hotel eigentlich gehören. Aber ..."

„Nein!" Wieder schnitt ich ihm das Wort ab. „Er wollte Emma Carlson heiraten. Aber das ist nie passiert, also sollte ihm gar nichts gehören!"

Erik sah mich resigniert an. „Meinetwegen. Auf jeden Fall wollten wir in Ruhe den Dachboden nach dem goldenen Pferd absuchen, deshalb solltest du denken, dass es hier spukt. Dein Zimmer liegt genau unter der Stelle mit den alten Kisten. Ich dachte, du wärst so verängstigt bei dem Gedanken, dass Emma oder ihr Vater hier herumgeistern, dass du nicht auf die Idee kommen

111

würdest, auf den Dachboden zu gehen, wenn du Schritte hörst. Einmal war es aber verdammt knapp!"

Ungläubig hörte ich zu und fühlte mich mehr und mehr wie in einem schlechten Film. Meine Gedanken überschlugen sich. Unsere Hotelgäste und der Stallbursche waren auf der Jagd nach dem goldenen Pferd?

„Also hast du Chess in jener Nacht gesattelt und wieder zum Hotel zurückgetrieben? Und Stofffetzen von alten Klamotten platziert? Das Gemälde immer wieder abgehängt? Und für das unerklärliche Geräusch von Hufschlägen warst du auch verantwortlich? Aber wie hast du das mit dem Weinen angestellt? Hat der Rekorder eine Fernbedienung?"

Erik nickte. „Ganz genau. Immer wenn du das Weinen hörtest, war einer von uns auf dem Dachboden."

„Woher hattest du die ganzen Schlüssel?", fragte ich verständnislos.

„Von Sophie." Erik deutete in Richtung von Sophies Zimmer. „Ich habe ihr am Anfang schöne Augen gemacht und es war sehr leicht, ihre Aufmerksamkeit zu gewinnen. Dein chaotisches Schwesterlein lässt dauernd irgendwo etwas liegen. Die Schlüssel haben ihr nicht einmal gefehlt, als ich sie nachmachen ließ!"

Was Sophie betraf, hatte er Recht. Sie räumte nie etwas auf und ihr Schlüssel passte auch bei meiner Tür. Erik wurde selbstsicherer und ich bekam Angst. Was würde er mit mir machen, wenn er alles gesagt hatte?

In Filmen versuchte der Böse immer, die Heldin nach einem Geständnis zum Schweigen zu bringen. Natürlich fällt der Heldin stets ein Trick ein, wie sie sich aus der Situation retten kann. Leider fühlte ich mich überhaupt nicht wie eine dieser Filmfiguren.

„Und all das wegen eines angeblichen, goldenen Pferdes?", vergewisserte ich mich. Irgendwie musste ich ihn am Reden halten und Zeit gewinnen. Konnte mich jemand hören, wenn ich schreien würde? Im privaten Flügel unseres Hauses befand sich im Moment wahrscheinlich niemand außer uns.

Erik lächelte kalt. „Es soll sehr wertvoll sein. Großvater war sich sicher, dass es existiert." Langsam kam er einen Schritt auf mich zu.

Meine Nackenhaare sträubten sich und ich wäre gerne zurückgewichen, doch ich stand mit dem Rücken zur geschlossenen Tür. Zum Glück entfernte er sich wieder einen Schritt und ich traute mich zu atmen.

„Habt ihr es gefunden? Wolltest du den Rekorder deswegen wegnehmen?"

Erik schüttelte bedauernd den Kopf. „Nein."

„Warum der Aufwand? Die gefälschten Ausweise?"

„Falls einer von uns erwischt worden wäre, wären wir nicht als Familie aus dem Hotel geworfen worden, sondern zwei hätten weitersuchen können."

Ich wusste nicht, was ich sagen sollte, aber Erik redete schon weiter.

„Als ich dein Pferd gesehen habe, vor allem die Ahnentafel, glaubte ich zu wissen, was es mit dem goldenen Pferd auf sich hatte. Dass es kein Gegenstand wäre, sondern die Blutlinie der goldenen Pferde."

„Kein bestimmtes Pferd, sondern eine Blutlinie?" Darauf wäre ich zugegebenermaßen nie gekommen.

Er nickte eifrig. „Ich habe genau recherchiert. Nur wenige Nachkommen von Golden Dancer haben diese besondere, goldene Fellfarbe geerbt. Als das Hotel damals aufgelöst worden ist, wurden alle Fohlen von Golden Dancer verkauft. Heute gibt es nur noch eine Handvoll Nachfahren von ihm mit dieser seltenen Farbe."

Das hatte ich nicht gewusst, trotzdem erschien mir diese Interpretation ziemlich unwahrscheinlich.

„Meine Eltern glaubten nicht an diese Theorie, doch ich wollte Golden Duchess unbedingt haben."

„Du wolltest mein Pferd stehlen?"

Erik schüttelte den Kopf. „Du als reiches Mädchen hättest Himmel und Hölle in Bewegung gesetzt, um sie wiederzubekommen. Und ohne Papiere hätte ich sie nie teuer verkaufen können. Nein, du solltest sie mir freiwillig und für wenig Geld überlassen."

„Das hätte ich niemals getan."

Er grinste und erinnerte mich dabei an einen zähnefletschenden Wolf. „Nein? Auch nicht, wenn du dich nicht mehr getraut hättest sie zu reiten, weil sie sich so unberechenbar benimmt?"

„Was hast du damit zu tun?"

„Ich habe ihr Aufputschmittel ins Futter getan", gab er ohne Umschweife zu.

Das konnte nicht wahr sein! Er setzte mein Leben aufs Spiel und Chess konnte gar nichts dafür, dass sie so überdreht war!

„Meine Eltern sind der Auffassung, dass das goldene Pferd ein Gegenstand sein müsse. Mutter hat mit Viktor Anderson geredet und meinte, er wüsste mehr über das goldene Pferd, als er zugibt", fuhr Erik fort.

In mir stieg die Erinnerung an den Tag auf, als Malin und Viktor bei uns gewesen waren. Damals hatte Eriks Mutter mit Viktor gesprochen. Entsetzt keuchte ich auf. „Ihr seid das? Ihr habt die Briefe geschrieben und Malin bedroht?"

Erik hob abwehrend die Arme. „Da wurde es mir dann auch zu viel. Ich wollte aussteigen. Das ist der Grund, warum ich den Rekorder holen wollte. Und deshalb erzähle ich dir das alles auch", erklärte er.

Ich hatte genug gehört. Blitzschnell drehte ich mich um und wollte auf den Flur hinauslaufen.

„Halt!" Er hielt mich grob am Arm fest.

„Aua!"

Erik lockerte seine Finger und sah erschrocken aus.

Ich merkte, dass er nicht der Typ dafür war, mir etwas anzutun.

„Lass mich los!", rief ich.

„Jetzt, wo du alles weißt?", flüsterte er in mein Ohr. Doch seine Stimme klang nicht so bedrohlich wie sie sollte, sondern eher verunsichert. Ihm schien die ganze Sache über den Kopf zu wachsen. Trotzdem hatte ich Angst. Aber er konnte mir hier nichts tun, oder? Nicht in einem Hotel voller Menschen am helllichten Tag.

Ich schrie so laut ich konnte und kurze Zeit später hatte sich meine ganze Familie im Zimmer versammelt. Meine Eltern verständigten die Polizei und natürlich wurde Erik sofort gekündigt.

Es war schon spät, als ich leise den Stall betrat. Chess hob ihren eleganten Kopf und ich strich ihr gedankenverloren übers Gesicht. „Es tut mir so leid, mein Mädchen! Du kannst nichts dafür, dass du so nervös bist. Ab jetzt wird alles viel besser", versprach ich.

„Ich habe gesehen, dass Erik von der Polizei mitgenommen wurde. Was ist passiert?", vernahm ich Lukes Stimme hinter mir.

Bereitwillig erzählte ich ihm alles. Wahrscheinlich etwas durcheinander, da ich es selbst noch nicht richtig begriff. Er reagierte angemessen wütend und nahm mich tröstend in seine Arme. Tränen der Erleichterung stiegen in meine Augen. Chess war nicht verrückt und unser Hotel wurde nicht von Gespenstern heimgesucht. Wenn Pamela sich in Luft auflösen würde, wäre mein Leben beinahe wieder perfekt.

Kapitel 8

Fortschritte

Am nächsten Tag holte Nathan mich ab. Zwar hatten wir gestern noch telefoniert, doch natürlich musste ich alle Details noch einmal erzählen. Erik und seine Eltern saßen in Untersuchungshaft und wir waren erleichtert, dass sie keine Bedrohung mehr für Viktor und Malin darstellten.

Ich fühlte mich wohl in der Wohnung von Nathan, Adam und David. Es herrschte ein gemütliches Chaos, das in starkem Kontrast zu unserem ordentlichen Hotel stand. Träge ließ ich mich auf die etwas schmuddelige Couch fallen und schnippte eine Socke hinunter.

„Die gehört David", meinte mein Freund lachend und gesellte sich zu mir aufs Sofa. Eigentlich genoss ich die Zeit mit ihm, schließlich mochte ich ihn sehr. Aber auf eine andere Weise als Luke. Wenn ich Luke ansah, ihn berührte, mit ihm sprach, das war etwas völlig anderes. Warum musste Nathan solche starken Gefühle für mich haben? Konnte er nicht einfach mein bester Freund sein?

In diesem Moment hielt Nathan mein Gesicht fest und küsste mich absolut nicht freundschaftlich. Ich erwiderte seinen Kuss automatisch. Dennoch wünschte ich, es wäre Luke. Normalerweise überlegte ich beim

117

Küssen nicht, sondern genoss es einfach. Aber dieses Mal dachte ich sogar während des Kusses, dass es nicht richtig war, was ich hier tat.

Es war beinahe elf Uhr, als wir wieder im Auto saßen und auf dem Weg nach Hause waren.

„Nur noch drei Monate", sagte Nathan leise. „Dann muss ich zurück", ergänzte er mit trauriger Stimme.

Erschrocken biss ich mir auf die Lippen. Noch drei Monate mit Nathan. Bestimmt würde ich ihn vermissen, vielleicht wäre ich aber auch erleichtert.

„Ach, Gemma, ich weiß nicht, was ich in Australien ohne dich tun soll", jammerte er.

Ich sah, wie sehr er bei diesem Gedanken litt. Mir tat es mehr weh, in so zu sehen, als die Tatsache, dass er zurückfliegen würde. Australien kannte ich nur aus Filmen und von Fotos und ich setzte ihn gedanklich in die Bilder, die ich davon im Kopf hatte. Es war nicht schwer, ihn mir dort vorzustellen. Da gehörte er hin. Nicht nach Schweden und nicht zu mir. Aber was sollte ich sagen? Dass er dort schnell eine neue Freundin finden würde? Das erschien mir als aktuelle Freundin nicht angebracht.

„Ich werde dich auch vermissen", versicherte ich ihm und lächelte zu ihm hinüber.

Am darauffolgenden Nachmittag war das Wetter wie geschaffen zum Reiten. Chess war wie ausgewechselt, seit sie dieses Aufputschmittel nicht mehr bekam. Dass sie beim Putzen wieder stillstand und nicht mehr herumzappelte, wertete ich als gutes Zeichen. Trotzdem war ich etwas aufgeregt. Was, wenn sie immer noch so nervös wäre? Was, wenn ich einfach eine zu schlechte Reiterin war? Sicherheitshalber blieben wir auf dem Reitplatz. Doch meine Sorgen waren unbegründet, Chess benahm sich vorbildlich. Keine Spur mehr von den übermütigen Bocksprüngen, dem grundlosen Explodieren und den Durchgehversuchen. Große Erleichterung machte sich in mir breit. Es war so anstrengend gewesen, ein Pferd zu haben, das ich fast genauso stark fürchtete, wie ich es liebte.

Luke stand am Zaun und sah mich auf diese besondere Weise an, dass meine Knie weich wurden und etwas in meinem Inneren zu schmelzen begann. „Super, Gemma! Jetzt können wir endlich ordentlich trainieren", meinte er zuversichtlich.

Ich nickte fröhlich. Das hörte sich nicht so an, als wolle er das Hotel verlassen. Mir wurde bewusst, dass ich in letzter Zeit nicht im Traum an irgendwelche Turniere gedacht hatte. Mein einziges Ziel war es gewesen, einen ganzen Ritt lang auf dem Rücken meines Pferdes zu bleiben. Als ich das nächste Mal zu Luke hinübersah, stand Pamela bei ihm. Mein Bauch zog sich zusammen. Es war nicht so, dass ich wütend auf Pamela oder gar Luke war. Eigentlich war ich sogar froh, Luke glücklich zu sehen. Es machte mich nur traurig, dass ich nicht diejenige sein konnte, die ihn glücklich machte. Doch ich war eben nur das kleine Mädchen vom Hotel.

Einen Tag später wollte ich ausreiten und Chess auch im Gelände testen. Fanny hatte versprochen, mitzukommen. Rivière und Chess schlugen hin und wieder mit dem Schweif, um die Fliegen zu verscheuchen, ihre Hufschläge klangen rhythmisch auf dem Waldboden. Ich erzählte Fanny in allen Einzelheiten von Eriks Überführung und auch von meiner letzten, gelungen Reitstunde bei Luke.

„Toll, oder?" Strahlend blickte ich zu ihr hinüber.

Fanny nickte langsam. „Ja schon ...", meinte sie gedehnt. Meine Freundin brachte eindeutig nicht die angemessene Begeisterung auf.

Fragend sah ich sie an. „Aber?"

Sie zögerte. „Aber dafür, dass du eine Beziehung mit Nathan hast, bist du viel zu angetan von Luke", antwortete sie schließlich.

„Ach komm schon!"

Fanny sah mich ernst an. „Nein, Gemma. Du kannst nicht ewig Luke schöne Augen machen und trotzdem mit Nathan zusammen sein. Du musst dich entscheiden. Alles andere ist nicht fair."

Ich versuchte ihrem strengen Blick auszuweichen. „Aber Nathan ist ..."

Fanny unterbrach mich. „Es kann leicht passieren, dass du denjenigen verlierst, den du möchtest, weil du ihn für zu selbstverständlich hältst. Nathan ist verrückt nach dir, auch wenn du das gar nicht mehr wahrnimmst. Luke dagegen hat eine Freundin und wird womöglich nicht ewig für deinen Vater arbeiten. Lauf nicht zu lange einem Traum von ihm nach! Vielleicht ist er gar nicht so perfekt wie du denkst. Was weißt du schon über ihn? Außer, dass er im Grunde zu alt für dich ist."

Ihre Worte trafen mich wie Messerstiche. Und doch, sie hatte Recht. Aber war Nathan der, den ich wirklich wollte? Liebte ich an Luke tatsächlich nur eine Wunschvorstellung? Wenn ja, wollte ich es zumindest nicht wahrhaben.

„Nathan wird so oder so zurück nach Australien gehen", gab ich zurück.

Fanny seufzte. „Ich wette, dass er eine andere Lösung finden würde, wenn du ihn bittest zu bleiben!"

Überrascht sah ich sie an. Nie hätte ich damit gerechnet, dass Nathan länger in Schweden bleiben könnte. Für mich war es immer völlig klar gewesen, dass uns nur dieser Sommer blieb. Würde er das für mich tun? Wollte ich das?

„Außerdem könnte Luke große Schwierigkeiten bekommen, wenn er etwas mit einer Minderjährigen anfangen würde", fügte Fanny hinzu. „Willst du das?"

Dieser Gedanke war mir auch schon gekommen und

es störte mich umso mehr, dass Fanny es ansprach. Unwillig schüttelte ich den Kopf. „Ach ja und du bist so eine Expertin? Mit wie vielen Jungs warst du denn schon zusammen?" Das war gemein, denn ich wusste, wie sehr Fanny darunter litt, dass Nike bei Jungs immer gut ankam, während sie selbst noch nie einen Freund gehabt hatte.

Fannys Gesicht nahm einen verletzten Ausdruck an. „Ich drehe um. Rede wieder mit mir, wenn du weißt, was du willst und die Wahrheit vertragen kannst." Damit wendete sie ihre Stute und trabte davon.

Sofort bereute ich meine Aussage. „Fanny, es tut mir leid! Ich habe das nicht so gemeint!", rief ich ihr nach, wusste jedoch nicht, ob sie es gehört hatte. Jedenfalls setzte sie ihren Weg fort. Verdammt.

Immer noch in Gedanken bei dem Streit mit Fanny, sattelte ich Chess zuhause ab, als Luke mich ansprach.

„Gemma, in zwei Wochen ist ein Turnier in der Nähe. Darf ich dich anmelden?"

„Glaubst du, dass wir bis dahin soweit sind?"

Er nickte und sah mir dabei tief in die Augen. Wenn er mich so ansah, könnte er fast alles von mir verlangen.

„Ja! Wir trainieren jeden Tag. Es ist nur ein kleines Turnier. Du startest in der leichtesten Klasse. Das würdest du jetzt schon ohne Training hinbekommen", meinte er.

„Okay." Ich lächelte zu ihm hinauf.

Er grinste, klopfte mir aufmunternd auf die Schulter und verschwand fröhlich pfeifend im Stall.

Die nächsten beiden Wochen waren stressig. Mit Fanny hatte ich mich nach einer ausführlichen Entschuldigung wieder vertragen. Die Vormittage waren ausgefüllt mit anstrengenden Schulstunden, denn die Lehrer wollten unbedingt jetzt alle Prüfungen schreiben. Die Nachmittage verflogen nur so beim Training mit Chess. Für Nathan waren die Abende reserviert. Er war lieb und verständnisvoll, wenn ich müde und abwesend war. Er wusste ja nicht, wie oft ich an Luke dachte, wenn ich mit ihm zusammen war. Mit Chess verbesserte ich mich merklich und wir schafften es, die Hindernisse der Turnieranforderung locker zu überspringen. Luke war begeistert und das Beste war, dass ich Chess immer kontrollieren konnte. Ich war stolz, für die gemeinsame, harte Arbeit mit meinem Pferd endlich Fortschritte zu verzeichnen. Am Tag vor dem Turnier trainierten wir nicht mehr. Chess körperliche Verfassung war gut, jetzt galt es, die optische aufzupolieren. Ich wusch meine Stute und flocht Mähne und Schweif ein. Anschließend führte ich sie herum, bis sie trocken war, legte ihr eine Decke auf und stellte sie mit einem Arm voll Heu in die Box. In der Sattelkammer drehte ich das Stallradio auf und brachte Sattel und Zaumzeug auf Hochglanz.

Danach packte ich alles ins Auto. Luke hatte angeboten, mich zu fahren, da meine Eltern nicht mit dem Transporter fahren konnten. Außerdem war er mein Trainer und konnte mir sicher einige Tipps vor Ort geben. Mein erstes Turnier mit Chess. Mein erstes Turnier als Pferdebesitzerin! Kritisch blickte ich in den vollen Kofferraum. Als ich Luke erblickte, lief ich zu ihm.

„Luke, bitte schau, ob ich alles habe", bat ich.

Er warf einen prüfenden Blick ins Fahrzeug. „An deinem Sattel hängt kein Gurt, aber wenn du morgen ohne Sattel reiten möchtest, hast du alles", meinte er und zwinkerte mir zu.

Ich wurde rot. Stimmt, ich hatte den Gurt abgenommen, als ich den Sattel eingefettet hatte. „Verdammt!" Sofort rannte ich zurück und holte den Bauchgurt.

„Sonst sieht es aber gut aus", versicherte er lächelnd.

„Erinnere mich, falls ich Chess morgen vergesse!"

Ich konnte kaum schlafen, wälzte mich ständig von einer Seite auf die andere und träumte wirres Zeug. Das Klingeln des Weckers war eine Erlösung. Als ich aufstand, hatte ich zwar Hunger, brachte aber kaum einen Bissen hinunter. Meine Stute war weniger aufgeregt. Als sie gefressen hatte, holte ich sie aus der Box, zupfte das Stroh aus ihren Zöpfchen und stellte erleichtert fest, dass sie nirgends einen Mistfleck hatte. Mit zitternden Fingern band ich sie an, löste die Zöpfe, kämmte die

Haare aus, und versuchte die Mähne turniertauglich einzuflechten. Es gelang mir nicht und ich wurde zunehmend nervöser.

Da kam Pamela in den Stall und begrüßte mich fröhlich. Sie sah mir ein paar Sekunden schweigend zu und erkannte meine Not. „Darf ich dir helfen?"

Ich nickte dankbar. „Ja gerne!"

Sie kam näher, strich Chess kurz über die Nüstern und begann mit flinken, geschickten Bewegungen gleichmäßige Zöpfchen und daraus Knoten zu machen.

Erleichtert striegelte ich Chess, bis ihr Fell wie flüssiges Gold glänzte.

„Luke wird bald hier sein", meinte Pamela. „Er kommt morgens immer schwer aus dem Bett."

Ich schluckte. „Fährst du mit aufs Turnier?", fragte ich und betete, dass sie das nicht tun würde.

Pamela schüttelte den Kopf. „Nein. Dein Vater war einverstanden, dass ich heute die Reitstunden von Luke übernehme." Gerade als wir Chess die Gamaschen für den Transport anlegten, kam Luke in den Stall.

„Guten Morgen! Schön, dass die Arbeit bereits von zwei hübschen Frauen erledigt wurde", sagte er gut gelaunt.

„Ha, sieht dir ähnlich, dass du erst kommst, nachdem wir geschuftet haben!", meinte Pamela und zwinkerte mir freundschaftlich zu.

Warum musste sie so nett sein? Es fiel mir schwer, sie

nicht zu mögen. Endlich verluden wir Chess und verabschiedeten uns von Pamela. Im Auto rutschte ich nervös auf dem Sitz herum.

„Hast du gefrühstückt?", fragte Luke und warf mir einen prüfenden Blick zu.

Ich verzog das Gesicht und schüttelte den Kopf.

Er grinste. „Dachte ich mir. Hier ist dein Notfallfrühstück." Damit hielt er mir eine Tafel Schokolade hin.

„Oh, danke." Schnell brach ich ein großes Stück ab und kaute es genüsslich. „Mhm gut!"

„Nur gut?" Er lachte. „Manche sagen, Schokolade sei besser als Sex."

Ich verschluckte mich fast.

„Was?", fragte er belustigt. „Findest du nicht?"

Was sollte ich darauf antworten? Wenigstens hatte er mich kurz von meiner Aufregung wegen des Turniers abgelenkt. „Schokolade ist super. Aber ich denke, es gibt noch eine Steigerung."

Luke lachte. „Ach ja, hier hast du etwas Warmes." Er reichte mir eine kleine, mit Tee gefüllte Thermoskanne.

„Danke", sagte ich erneut und verbrannte mir die Zunge, als ich den ersten Schluck trank.

„Bist du immer so gierig?"

Immer noch verlegen schüttelte ich den Kopf und trank langsam weiter. Die Fahrt zum Turnierplatz dauerte etwa eine halbe Stunde. Luke hatte Recht gehabt. Es war tatsächlich ein kleines Turnier.

Er zog die Handbremse an und löste den Sicherheitsgurt. Dann sah er mich besorgt an. „Gem, du bist ja immer noch ganz blass. Keine Angst, das schaffst du locker! Jetzt holst du Chess aus dem Transporter und führst sie ein bisschen herum. Ich besorge inzwischen deine Startnummer und den Zeitplan, okay?"

Ich nickte gehorsam und stieg mit zitternden Knien aus dem Auto. Luke half mir, Chess auszuladen und ihr Transportgamaschen und Decke abzunehmen. Dann war er verschwunden und ich stand allein mit meinem Pferd unter all den routiniert wirkenden Menschen. „Na komm, meine Kleine", murmelte ich und zupfte am Führstrick. Chess ging folgsam hinter mir her. Selbst auf dieser kleinen Veranstaltung herrschte die typische Turnieratmosphäre, die ich eigentlich so liebte. Zumindest als Zuschauerin. Als Teilnehmerin fühlte es sich komplett anders an. Nach einer Weile kam ich zum Auto zurück, wo Luke bereits wartete.

„Du bist erst in eineinhalb Stunden dran. Wir machen Chess und dich jetzt fertig, dann kannst du den Parcours abgehen und sie aufwärmen", schlug er vor.

Luke sattelte und zäumte Chess, während ich meine Haare ins Haarnetz steckte und mich umzog. Als er mich im fertigen Turnieroutfit sah, pfiff er anerkennend durch die Zähne. „Sehr adrett!"

In diesem Moment kamen Fanny, Nike, Christian und Sophie. Nathan konnte nicht kommen, weil der

Kindergarten einen Tag der offenen Tür veranstaltete. Eigentlich war ich froh, dass er nicht da war. Die Pferdewelt gehörte Luke und mir. Fanny würde am Nachmittag in einer höheren Dressurklasse starten, sie war in ihrem Element und wirkte wie die Ruhe selbst.

„Könnte jemand von euch Chess halten, während ich mit Gemma den Parcours abgehe?" Bittend sah Luke in die Runde.

„Klar." Sophie griff nach den Zügeln.

Luke legte einen Arm um meine Schultern, was sich trotz der Aufregung super anfühlte. Gemeinsam schritten wir den Parcours ab, der nicht halb so furchteinflößend war, wie ich ihn mir vorgestellt hatte.

„Siehst du, es ist gar nicht so schlimm. Aber pass trotzdem gut auf." Während wir durch die Halle gingen, erklärte er mir jeden Schritt, den ich reiten musste. Beim Herauskommen schwirrte in meinem Kopf alles durcheinander und ich hatte das Gefühl, gar nichts mehr zu wissen. Panik erfasste mich. „Ich schaffe das nicht. Ich vergesse alles", sagte ich nervös.

Luke drehte sich zu mir um, ergriff meine Hände und sah mir tief in die Augen. „Du kannst das", versicherte er mir mit fester Stimme, die mich plötzlich nicht mehr an der Wahrheit dieser Worte zweifeln ließ.

Ich hielt seinem Blick stand und nickte langsam. Dieser Moment war für mich intimer als jeder Kuss mit Nathan.

Als die anderen mit Chess kamen, ließ er meine Hände langsam los. Fanny warf mir einen vielsagenden Blick zu, aber dann lächelte sie aufmunternd. Rasch kontrollierte ich den Sattelgurt und stieg auf.

„In deiner Klasse sind es nur dreizehn Starter Gem, das schaffst du schon", meinte Nike zuversichtlich.

Ich lächelte etwas gequält und dirigierte Chess zum Abreiteplatz. Sie wurde unruhig, als sie die vielen Pferde sah. Also versuchte ich sie zu entspannen und machte viel Biegearbeit, damit ihr Gang schön rund wurde. Als Chess endlich im Genick nachgab und im Takt über den Rücken ging, war ich zufrieden. Nun spürte ich, dass wir ein Team waren, und es fühlte sich an, als ob wir zusammen alles schaffen könnten.

„Startnummer 164 bitte bereithalten!", tönte es über den Abreiteplatz.

Ich atmete tief durch und ritt zum Eingang der Halle. Ein Junge mit Sommersprossen auf einem dünnen Schimmel kam heraus. Er sah nicht zufrieden aus, lächelte mir jedoch zu und wünschte mir Glück.

„Startnummer 164, Gemma Bergman auf Golden Duchess", schallte es blechern aus dem Lautsprecher. Die vier Helfer, die im Parcours standen, bauten die Sprünge wieder auf, die der Reiter vor mir abgeworfen hatte. Sämtliche Nervosität fiel von mir ab. Hier kam es nur auf Chess und mich an. Es waren nicht viele Zuschauer da, aber die waren mir im Moment egal.

Als die Startglocke erklang, ließ ich Chess aus dem Schritt heraus angaloppieren. Mit gespitzten, goldenen Ohren galoppierte sie auf den ersten Sprung zu, sprang locker drüber und landete weich. Ich blickte sofort zum nächsten Hindernis und wir flogen darüber. Es war wie im Traum. Alles klappte wie beim Training und schon hatten wir den letzten Sprung gemeistert.

„Null Fehler bei einer Zeit von 57,39 Sekunden für Golden Duchess, geritten und in Besitz von Gemma Bergman", verkündete der Kommentator.

Ich ließ Chess die Zügel lang, lobte sie überschwänglich und ritt unter dem Applaus der Zuschauer nach draußen ans Tageslicht.

Luke empfing mich mit einem strahlenden Lächeln. „Super gemacht ihr beiden! Ich bin so stolz auf dich, Gemma!"

Noch immer ganz euphorisch von dem Ritt, konnte ich das Grinsen kaum mehr von meinem Gesicht fegen. Endlich bahnten sich die anderen einen Weg von der Tribüne herunter. Auch sie strahlten und beglückwünschten mich. Eine Kamera baumelte um den Hals meiner Schwester. Hoffentlich hatte sie gut fotografiert.

„Im Moment bist du zweite", informierte mich Nike.

Mein Lächeln wurde noch breiter und ich ließ Chess langsam im Schritt herumgehen, während ich die restlichen Ritte abwartete. Tatsächlich wurde ich zur Siegerehrung aufgerufen. Als drinnen die Musik ertönte, öffnete sich das Tor zur Reithalle. Wir landeten auf dem dritten Platz. Staunend saß ich auf Chess, ließ mir von zwei Frauen die Hand schütteln und sah zu, wie Chess ihre Schleife angesteckt bekam. Ein Mädchen auf einem Apfelschimmel hatte gewonnen und führte die Ehrenrunde an. Es war ein unglaubliches Gefühl, hinter zwei anderen Pferden durch die Halle zu galoppieren und zu wissen, dass sich all die harten Stunden mit Chess endlich auszahlten. Unser erstes gemeinsames Turnier und bereits platziert!

Am Abend saß ich bei Chess in der Box und war froh, dass der Trubel des Turniers vorbei war. Jetzt hatte ich wieder Zeit, über mein Männerproblem nachzudenken. In wenigen Wochen würde Nathan verschwinden, genauso plötzlich wie er damals auf seinem Rad in mein Leben gefahren war. Wäre ich erleichtert, wenn er weg war? Luke konnte ich ja trotzdem nicht haben. Er würde Pamela so schnell nicht verlassen, oder?

In diesem Moment hörte ich, wie sich die Stalltür öffnete. Jemand trat ein und machte vor Glorys Box halt. Da ich manchmal Dinge zu Chess sagte, die ich sonst niemandem anvertrauen würde, dachte ich, dass es fairer wäre, mich bemerkbar zu machen. Also stand ich auf, öffnete die Boxentür und trat auf die Stallgasse.

Luke fuhr herum. Sein Gesicht wurde weicher, als er mich erkannte.

„Hey Gemma. Feiert ihr euren Erfolg?"

„Ein bisschen. Sorry, ich wollte dich nicht erschrecken."

Luke lächelte. „Schon gut, ich hatte gehofft, dich hier zu treffen."

In mir kribbelte es freudig. Ich sah ihn an und tauchte vollkommen in seine tiefbraunen Augen ein.

„Du ...", begann er und beugte sich herunter.

Erwartungsvoll schloss ich die Augen. Würde er mich jetzt küssen?

„... hast Stroh in den Haaren." Er zupfte einige Halme von meinem Kopf.

Verwirrt öffnete ich die Augen. „Ähm, danke." Im Geiste schüttelte ich den Kopf über meine Dummheit. Was man sich alles einbilden konnte, wenn man es sich wünschte. Ein Kuss von Luke wäre so perfekt gewesen, heute am Tag des Turniers. Allerdings auch sehr unwahrscheinlich. Doch warum war Luke eigentlich in den Stall gekommen?

*

Luke griff in seine Tasche. Eigentlich hatte er Gemma die Kette vor dem Turnier als Glücksbringer geben wollen, doch es hatte sich nicht ergeben. Er hatte es nicht übers Herz gebracht, den Anhänger zu verkaufen. Stattdessen hatte er im Schmuckladen eine passende Kette dazu gekauft. Der herzförmige Anhänger schien hierher zu gehören und damit zu Gemma. Ihm war bewusst, dass man ein solches Geschenk von einem Reitlehrer an seine Schülerin als unangemessen betrachten könnte. Aber wenn man bedachte, dass er sie hier gefunden hatte, hoffte er, dass es niemanden stören würde.

*

„Das ist Emmas Kette!", rief ich und riss die Augen auf. „Woher hast du sie?"

Luke starrte mich an. „Ich habe sie auf Glorys Koppel gefunden. Sie lag dort wohl schon lange", erklärte er vorsichtig.

Ungläubig blickte ich zu ihm auf und nahm die Kette ehrfürchtig in die Hände. Noch immer sehr überrascht, erzählte ich von meinem Traum, in dem Henrik seiner Emma genau diese Kette geschenkt hatte. Ich hatte nicht den geringsten Zweifel daran, dass sich vor vielen Jahren alles genau so zugetragen hatte. Luke lauschte andächtig, während er mir die Kette umhängte. Ich stand vollkommen still und genoss seine Nähe. Mein Nacken kribbelte, wo er mich berührte. Nur zu deutlich konnte ich die Bilder aus dem Traum vor meinem geistigen Auge sehen und Emmas hoffnungsvolle Stimme hören. *„Ich freue mich so darauf, wenn wir uns nicht mehr verstecken müssen."*

Kapitel 9

Verlassen

Es dämmerte bereits, als Nathan und ich eine Woche später abends zum Strand gingen. Eigentlich war ich von der Idee nicht begeistert gewesen, aber er wollte unbedingt, also hatte ich nachgegeben. In Gedanken war ich ganz woanders. Morgen würde Pamela endlich abreisen. Am liebsten wäre ich auf meinem kühlen Bett liegen geblieben und hätte davon geträumt, Luke wieder für mich allein zu haben.

Am Strand breiteten wir unsere Handtücher aus und gingen ins Wasser. Als wir bis zu den Knien im Meer standen, zog mich Nathan an sich und küsste mich. Es war sehr romantisch, die Strahlen der tiefstehenden Sonne brachen sich auf dem fast schwarzen Wasser. Ich schloss die Augen und versuchte mit ganzer Kraft den Kuss zu genießen, doch es gelang mir nicht. Immer wieder wanderten meine Gedanken zu Luke. Dieses elektrisierende Gefühl, das ich in Lukes Anwesenheit hatte, blieb bei meinem Freund völlig aus. Nachdem wir eine Weile gebadet hatten, legten wir uns auf die Handtücher und genossen das faszinierende Licht der Mitternachtssonne. Der Sand klebte zwischen meinen Zehen und meine Haut wurde von den letzten Sonnenstrahlen getrocknet.

*

Nathan blickte seine Freundin an. Ob sie die Liebe in seinen Augen eigentlich bemerkte? Alles könnte perfekt sein, doch sie liebte ihn offenbar nicht. „Gemma", begann er und sein Mund war so trocken wie der Sand, auf dem sie lagen.

„Hmm?" Sie öffnete ein Auge.

„Du musst dich entscheiden, Gemma. Bitte. Entweder er oder ich." Er brachte es nicht über sich, Lukes Namen laut auszusprechen. Ein Teil von ihm hoffte, dass sie ihre Liebe zu ihm beteuern würde, aber das geschah nicht. Sie setzte sich langsam auf und blickte aufs Meer hinaus. Das Licht tauchte ihren Körper in warmes Orange. Er wollte diesem Mädchen die Welt zu Füßen legen und am liebsten für immer mit ihr vereint sein. Er war bereit, seine Abreise nach Australien zu verschieben, aber die Voraussetzung dafür wäre, dass sie ebenso empfand. Ob sie Luke von Anfang an bevorzugt hatte? In den vergangenen Wochen hatte sie es sicher getan. Er hatte ihre geistige Abwesenheit auf das Pferd und die Schule geschoben, doch er wusste eigentlich, dass nur Luke dafür verantwortlich war.

„Nathan, ich mag dich sehr. Aber nicht so, wie du es verdienst. Ich liebe Luke. Auf die Weise, wie ich dich lieben sollte. Es ist ... es tut mir so leid", flüsterte sie schließlich und sah ihm endlich in die Augen.

Er meinte, jemand würde sein Herz mit einer

eiskalten, harten Hand umfassen. Etwas Vergleichbares hatte er noch nie gespürt. Keine seiner bisherigen Freundinnen hatte ihn das fühlen lassen. Andererseits war er vorher nie so verliebt gewesen. Je schöner es war, desto schmerzhafter war wohl der Abschied. Aber es war so unwirklich, wie Gemma das sagte, es so ohne Umschweife zugab.

„Ich will hier ohne dich nicht sein, Gemma. Ich fliege so schnell wie möglich zurück nach Australien." Er schluckte schwer und wartete auf ihre Reaktion.

*

Ich versuchte nicht, Nathan aufzuhalten. Für ihn war es schwer genug, das war mir klar. Aber ich konnte nur glücklich werden, indem ich endlich ehrlich war. Jetzt musste ich niemanden mehr belügen. Weder Nathan, noch mich selbst. Von nun an brauchte ich kein schlechtes Gewissen mehr zu haben, wenn ich Luke anhimmelte. Na ja, höchstens Pamela gegenüber, aber die bekam es ja bald nicht mehr mit.

Nathan stand auf, packte seine Sachen und warf mir einen letzten Blick zu, bei dem ich die Tränen in seinen Augen sehen konnte.

„Viel Glück, Gemma", sagte er so leise, dass ich es gerade noch hören konnte.

„Dir auch", murmelte ich. Nun war er weg. Die leichte Meerbrise wehte mir die Haare aus dem Gesicht. Eine Träne lief mir über die Wange. Eine Träne, die ich einem guten Freund nachweinte, der immer für mich da gewesen war. Der Wind trocknete meine Wange und auf dem Heimweg dachte ich an Luke.

Das Atmen fiel mir leichter und ich fühlte mich befreit. Langsam schlenderte ich nach Hause und genoss die Stille um mich herum. Es war bereits kurz vor Mitternacht, als ich an der Koppel von Chess anhielt. Achtlos ließ ich mein Handtuch ins Gras fallen und lehnte mich an den Zaun. Der Tag war heiß gewesen, also durften die Pferde, wie so oft, über Nacht auf die Koppel. Meine Stute graste friedlich zwischen den anderen. Ihr Fell schimmerte matt im Dämmerlicht.

Als ich Schritte hinter mir hörte, war ich verwundert und drehte mich um. Es war seltsam, dass es Luke war, der auf mich zukam. Als hätte ich ihn mit meinen Gefühlen heraufbeschworen. Der Geruch von Sommer und seinem Aftershave umgab mich. Alles in mir zog es zu ihm hin. Ich wollte ihn berühren und ihm sagen, wie sehr ich ihn liebte, doch ich tat nichts. In einem Film hätte eine romantische Musik gespielt, aber die brauchte ich nicht. Er lehnte sich neben mich an den Zaun, so nah, dass unsere Ellenbogen sich berührten.

„Ich habe Schritte gehört, da dachte ich, ich sehe besser nach den Pferden", erklärte er.

„Es geht ihnen gut", sagte ich leise.

Luke wandte sich vom Zaun ab und ich dachte, er würde wieder in seine Hütte gehen. Stattdessen legte er eine Hand auf meine Hüfte und zog mich sanft an sich. Etwas in meinem Bauch hüpfte und ein angenehmer Schauer lief mir über den Rücken. Als er seinen Kopf herunterbeugte, um mich zu küssen, hatte ich mich nicht mehr unter Kontrolle und schlang meine Arme um seinen Nacken. Dieser Kuss war mit Abstand das Beste, was ich je erlebt hatte. Es schien nicht wirklich, es war wie in einem Traum, an den man sich nur vage erinnern konnte. Trotzdem war es so real und intensiv wie nichts zuvor. Ich fühlte mich so leicht, als würden wir fliegen, als würde die Welt um uns herum sich drehen und wir würden hier für immer stehen. So musste es sich anfühlen, wenn man vollkommen glücklich war. Nach einer Weile löste er sich von mir.

„Luke, ich ..." ... *liebe dich*, wollte ich sagen, aber so weit kam ich nicht.

Er legte einen Finger auf meine Lippen. „Schsch", machte er, strich mir eine Haarsträhne aus dem Gesicht und küsste mich auf die Stirn.

Ich konnte in seinen Augen beinahe das gleiche erkennen, wie in denen von Nathan. Liebe und gleichzeitig Schmerz.

„Gute Nacht, Gemma." Dann ging er zu seiner Hütte.

Als ich im Bett lag, war ich mir gar nicht mehr sicher, ob es wirklich geschehen war. So viel war an diesem Tag passiert. Schließlich schlief ich ein, in dem festen Glauben, dass Luke mich liebte.

Ich blieb lange im Bett liegen und hüpfte dann gut gelaunt die Treppe hinunter. Alles in meiner Umgebung schien zu leuchten. Für ein Mädchen, das sich gestern von ihrem Freund getrennt hatte, war ich viel zu glücklich. Im Spiegel sah ich, wie sehr meine Augen glänzten. So gut hatte ich noch nie ausgesehen. Der Stall war menschenleer, die Boxen waren bereits sauber gemistet. Langsam schlenderte ich zu den Koppeln und ließ meinen Blick über all die wundervollen Pferde schweifen.

Chess trabte mir freudig entgegen und ich suchte die Koppeln nach Glory ab, doch er war nicht zu sehen. Wahrscheinlich war Luke bei einem Morgenausritt.

„Gemma! Sophie!" Die Stimme meines Vaters, die laut über den Hof hallte, gebot sofort zu kommen. Meine Schwester und ich kamen gleichzeitig beim Büro an, auch unsere Mutter war bereits dort. Mein Vater hielt ein Blatt Papier in die Luft und wedelte ungeduldig damit herum. „Luke Carlton hat gekündigt. Er hat mir die Nummer von einer Trainerin hinterlassen, die ihn ab sofort vertreten kann. Wisst ihr, was vorgefallen sein könnte? Er ist heute früh mit dieser Pamela aus Zimmer 17 abgereist."

Ich war unfähig etwas zu sagen. Luke war weg? Wie konnte das sein? Warum war er gegangen? Weshalb hatte er mich dann geküsst? Hätte ich ihn aufhalten können, wenn ich nicht so lange geschlafen hätte?

„Sie waren früher ein Paar, anscheinend hat er erkannt, dass er ohne sie nicht hierbleiben möchte",
meinte Sophie und versuchte, möglichst unbeteiligt
auszusehen. „Ist doch gut, dass er schon eine Vertre-
tung organisiert hat", fügte sie hinzu.

Gut? Ein heftiges Schwindelgefühl erfasste mich. Er
konnte nicht einfach aus meinem Leben verschwinden!
Ich fühlte mich wie betäubt. Tröpfchenweise gelangte
die Wahrheit in mein Bewusstsein. Wie ein Gift lähmte
sie langsam meinen Körper. Luke war fort.

Sophie packte mich am Arm. „Komm mit in mein
Zimmer, Gemma! Du musst mir bei etwas helfen."

In ihrem Zimmer starrte Sophie mich ungläubig an.

„Du hattest etwas mit ihm, stimmt's? Gemma! Was
ist mit Nathan?"

Mechanisch nickte ich. „Nathan und ich haben
Schluss gemacht. Luke hat mich gestern geküsst. Nur
ein einziges Mal. Und jetzt ..." Schluchzend brach ich ab
und weinte.

Meine Schwester umarmte mich. „Gemma, leg dich
erstmal hin, du siehst ganz blass aus", schlug sie vor.

Also legte ich mich auf Sophies Bett und bekam nicht
mit, dass sie das Zimmer verließ. Irgendwann wurde
mir übel und ich schaffte es gerade noch auf die Toilette, um mich zu übergeben. Dann lehnte ich meinen
Kopf an die kühlen Badezimmerfliesen und weinte, bis
ich keine Kraft mehr dazu hatte. Den ganzen Tag

verbrachte ich zwischen Badezimmer und Bett. Meine Eltern machten sich Sorgen und Sophie behauptete, dass Nathan aus familiären Gründen früher nach Australien gemusst hatte und ich deshalb so traurig sei.

Immer wieder starrte ich auf mein Handy und hoffte auf eine Nachricht von Luke, eine Erklärung, irgendetwas. Doch nichts kam. Gedankenverloren hielt ich Emmas Kette in der Hand. Konnte ich Luke nicht bekommen, weil Emma und Henrik auch nicht zusammen glücklich geworden waren?

Über Nacht wurde es nicht besser. Nur mit Mühe konnte ich in den nächsten Tagen meine Tränen und den Brechreiz zurückhalten. In der Schule saß ich wie ein Häufchen Elend herum, kritzelte gedankenverloren in meine Hefte, betrachtete die Holzmaserung auf dem Tisch und bekam kaum etwas vom Unterricht mit. Daheim zog ich mich zurück und ritt nur noch allein aus. Warum tat er mir das an? Wusste er denn nicht, was ich für ihn empfand? War es ihm egal?

Sophie brachte die Fotos vom Turnier in einem Umschlag nach Hause. Ich setzte mich damit auf mein Fensterbrett. Natürlich ahnte ich, wie weh es tun würde, sie anzusehen, doch ich konnte es nicht erwarten, Luke darauf zu sehen. Schnell sah ich die ersten Abzüge an. Auf den meisten waren Chess und ich verewigt. Nach einem Foto von Nike und Fanny vor unserem Pferdetransporter kam eines, von dessen

Existenz ich nicht einmal etwas geahnt hatte. Da waren wir. Luke hielt meine Hände, den Mund hatte er leicht geöffnet. Ich stand vor ihm und blickte in sein Gesicht. Die Erinnerung an diesen Moment kam mit aller Macht zurück. Wie er meine Hände genommen und mir Mut zugesprochen hatte. An diesem Tag war ich so glücklich gewesen.

Dieses Foto legte ich nicht zu den anderen, sondern steckte es in meine Hosentasche. Die restlichen Bilder zeigten mich und Chess im Parcours und bei der Siegerehrung. Ich fand ein gelungenes Foto von uns mitten im Sprung und wollte es in meinem Zimmer aufhängen.

Bei Chess war ich wenigstens ein bisschen abgelenkt. Sie half mir, meinen Kummer für einige Zeit zu vergessen. Aber der Schmerz kam stets zuverlässig zurück. Er begann in meinem Innersten und es war, als würde mein Herz von einem erbarmungslosen Schraubstock zusammengepresst. Die Wochen vergingen schleppend und doch wusste ich am Ende nicht, wo die Zeit hingekommen war. Alles verschwamm in einem dunklen Strudel. Ich wusste, dass es ungesund war, wenn mein persönliches Glück von der Gegenwart eines Mannes abhing. Aber ich konnte nichts dagegen tun. Jedes Mal, wenn ich an ihn dachte, füllten sich meine Augen mit Tränen und auf meine Brust kam ein Druck, der mir das Atmen schwerer machte. Innerlich war ich wie ausgekühlt. Es fühlte sich an, als würde ich mich gegen eine kalte Wand lehnen, nur dass die Kälte nicht von außen nach innen drang, sondern sich im Inneren bildete und nicht hinauskonnte. Dagegen war ich machtlos und ich hatte auch nicht die Kraft, wütend zu sein. Es war nur ein ständiges Gefühl der Traurigkeit. Beinahe zwanghaft sah ich mehrmals am Tag das Foto von Luke und mir an. Ich schleppte es überall mit hin. Darauf sahen wir aus wie ein Paar.

Um mit meinen Freunden nichts unternehmen zu müssen, erfand ich ständig Ausreden. Ich hörte traurige Lieder und putzte freiwillig die Fenster. Auf dem Weg in die Abstellkammer schnappte ich ein Gespräch zwischen meinen Eltern auf.

„Ich mache mir langsam Sorgen um Gemma. Sie muss Nathan sehr gemocht haben", hörte ich die Stimme meiner Mutter.

„Das wird schon wieder. Sie hat eben Liebeskummer, das ist normal in dem Alter", meinte Papa.

„Nein, ich finde das geht über normalen Liebeskummer hinaus. Sie lächelt überhaupt nicht mehr. Hätte sie das Pferd nicht, würde sie das Haus nicht mehr verlassen. Wenn es nicht bald besser wird, werde ich einen Termin beim Psychotherapeuten für sie vereinbaren", entgegnete Mama.

„Du musst etwas essen, Gemma." Meine Mutter sah mich streng an. Wir saßen beim Abendessen und ich hatte bisher kaum etwas angerührt. Die Gefühle von Hunger und Durst waren fast vollständig verschwunden. Ich meinte, an jedem Schluck Wasser ersticken zu müssen und jeder Bissen schien zu groß für mich. Mein Bauch fühlte sich an wie ein riesiges, kaltes Loch. Ich erinnerte mich an das Gespräch, das ich heute Nachmittag belauscht hatte. Gehorsam schaufelte ich einige Kartoffeln in mich hinein und spürte sofort, wie mir schlecht wurde.

„Gehst du heute mit auf die Party am Strand?" Nike sah mich fast flehend an.

Um mich herum hörte ich das Geplapper der anderen Mädchen in der Umkleidekabine. Müde schüttelte ich den Kopf.

„Ach komm schon, Gemma. Begleite uns!"

„Ich kann nicht, Nike", flüsterte ich und setzte mich, weil ich spürte, wie mir übel wurde. Still zog ich mich um und antwortete einsilbig, wenn jemand etwas zu mir sagte. Die lauten Stimmen verursachten mir Kopfschmerzen.

Unsere Lehrerin ließ uns Basketball spielen und mit der Bewegung fühlte ich mich kurz etwas besser. Dennoch wusste ich, dass ich mich heute Abend nicht mehr daran erinnern würde, was wir heute gemacht hatten.

Ich hörte das Aufschlagen des Balles und das Quietschen der Turnschuhe. Mir wurde übel.

„Gem!", rief irgendjemand.

Verschwommen nahm ich wahr, dass eine Teamka-
meradin den Ball zu mir werfen wollte. Dann wurde
mir schwarz vor Augen. Während ich fiel, sah ich Luke
deutlich vor mir. Sein wunderschönes Lächeln, die
braunen Augen, die dunklen Haare. Ich fühlte mich
leicht, fast als würde ich schweben.

„Gemma? Gemma!"

„Der Notarzt ist unterwegs!"

„Sie hat seit zwei Wochen kaum gegessen!"

„Nur wegen ihrem Ex?"

„Oh, sie wacht auf!" Verschiedene Stimmen redeten
wirr durcheinander. Ich hörte sie wie durch einen dicken Wattebausch und blinzelte.

„Bleib liegen, Gemma, der Rettungswagen wird bald
hier sein", sagte unsere Sportlehrerin besorgt.

Langsam ließ ich meinen Blick über die besorgten
Gesichter der anderen schweifen. Manche standen
stumm da, andere mutmaßten über die Gründe für
mein Zusammenbrechen.

Irgendwann kamen zwei Sanitäter durch die Hallen-
tür. Die Lehrerin sprach mit einem von ihnen, der andere, ein junger Mann mit blondem Wuschelkopf, kam
auf mich zu.

Er fragte, ob ich wisse, was passiert wäre, welcher
Tag heute sei, wann ich Geburtstag hätte und zum
Schluss mit einem Grinsen nach meiner Nummer.

Offenbar hatte ich nur einen Kreislaufzusammenbruch erlitten und mich bei dem Sturz nicht verletzt. Trotzdem musste ich mit ins Krankenhaus fahren, wo ein Arzt mich untersuchte und die Vermutung der Sanitäter bestätigte. Nach einer Infusion durfte ich nach Hause. Dort saß ich auf dem Bett, hörte Musik und ließ meinen Tränen freien Lauf. Wie konnte etwas nur so wehtun?

Ich war so in Selbstmitleid versunken, dass ich kaum bemerkte, dass meine Schwester ebenfalls immer trauriger wurde. Schließlich rückte auch der Tag von Adams Abreise näher.

Einige Wochen nach Lukes Verschwinden wurde es draußen allmählich herbstlich. Mit der zunehmenden Kälte wurde mein Kopf etwas klarer. Der warme Tag, an dem Luke und ich uns geküsst hatten, schien lange her zu sein.

Ich beschloss, dass es so nicht weiter gehen konnte. Meine Mutter hatte ein ernstes Gespräch mit mir geführt und mir mitgeteilt, was ich ohnehin schon gehört hatte. Sie hatte mir Zeit für meinen Kummer gegeben, doch nun sollte ich unbedingt wieder unter junge Leute gehen. An diesem Tag passte es wunderbar, dass Nike anrief und fragte, ob sie bei mir übernachten könnte. Sie klang nicht besonders hoffnungsvoll, war dafür aber umso glücklicher, als ich zustimmte. Wir redeten fast die ganze Nacht.

„Er hat dir also wirklich das Herz gebrochen?",
fragte sie und sah mich teilnahmsvoll an.

„Ja, vielleicht hat er das."

Nike seufzte. „Weißt du, Gem, ich bin niemand, der
jemanden so nah an sich heranlässt. Ich glaube nicht an
die große Liebe. Aber jetzt, wenn ich dich so sehe, denke
ich, dass es sie doch gibt. Zumindest einseitig. Aber das
ist nicht gesund. Du solltest ihn nicht vergessen, aber
gehen lassen. Morgen ist eine Party beim Kapitän des
Sportclubs. Komm mit. Lebe wieder!"

Ich war gerührt vom Monolog meiner Freundin.
Vielleicht hatte sie Recht.

„Okay", gab ich schließlich nach. „Ich komme mit.
Danke, Nike."

Auf der Party kamen Fanny und der Gastgeber mir
händchenhaltend entgegen. Wann war das denn passiert? Irgendwo in meinem Gehirn regte sich etwas.
Stimmt, Fanny hatte erzählt, dass sie nach unserem
Streit auch überlegt hatte, was sie eigentlich wollte. Offenbar wollte sie ihre Sportkenntnisse vertiefen.

Mit einem gezwungenen Lächeln begrüßte ich sie. Es
freute mich ehrlich für die beiden, besonders für Fanny.
Sie gaben ein wirklich attraktives Paar ab. Allzu lange
hielt ich es aber nicht in ihrer Gegenwart aus und
machte mich auf die Suche nach Nike. Die Musik war
laut, schnell und ließ kein Nachdenken zu. Es tat gut,

auf diese Weise von meinen Sorgen abgelenkt zu sein.

„Willst du tanzen?" Ein großer, blonder Junge sah mich fragend an.

„Klar!" Meine Antwort überraschte mich selbst. Auf der Tanzfläche war es eng, aber das machte nichts, so bemerkte niemand, dass ich nicht gut tanzte. Es war kurz nach drei Uhr, als ich nach Hause kam.

In den nächsten Wochen fiel ich in das andere Extrem und ging jedes Wochenende feiern. Zuhause hörte vor allem laute Technomusik, die mich vom Nachdenken abhielt. Meine Eltern fanden das auch nicht gut, waren aber froh, dass ich wenigstens wieder unter Gleichaltrige ging. Doch ich konnte Luke nicht vergessen. Jeden Jungen in meinem Umfeld verglich ich mit ihm. Zwei Wochen bevor Adam zurückmusste, wurde meine kleine Schwester endlich vierzehn. Ich benahm mich so normal wie möglich an diesem Tag und tat alles, um Sophie glücklich zu machen.

Die Wochen vergingen und überall fanden die Feierlichkeiten zu Ehren von Lucia statt. Auch wir im Hotel veranstalteten ein Lucia-Fest. Obwohl mir als erstgeborene Tochter traditionell die Rolle der Lucia zugestanden hätte, gab ich diese Aufgabe gerne an Sophie ab. Mit ihren blonden Haaren und dem Engelsgesicht war sie dafür ohnehin besser geeignet. Sophie schwebte in ihrem weißen Kleid und einem Lichterkranz auf dem Kopf durch das Hotel und erfreute die Gäste.

Und dann war Weihnachten, das Fest der Liebe. Sophie war über Adam hinweg und ging mit einem Jungen aus meiner Klasse. Ich beneidete sie ein wenig um ihr schnelles Vergessen, wusste aber auch, dass ich Luke niemals so lieben könnte, wenn ich so denken würde wie sie. Weihnachten feierten wir im Kreis der Familie, Silvester ebenfalls. Schon begann ein neues Jahr. Im Frühling würde ich sechzehn werden und mit Chess eine neue Turniersaison reiten.

Meine Schwester schleifte mich mit zu einer Neujahrsparty in der großen Gemeindehalle. Ich trug ein kurzes, schwarzes Kleid, da ich wusste, dass die Halle beheizt war. Alles war in einen Wintertraum verwandelt worden, die Dekorateure hatten ganze Arbeit geleistet.

Sophie strahlte angesichts der vielen Menschen. „Amüsiere dich", ordnete sie an und verschwand mit ihrem Freund in der Menge.

„Gemma!" Fanny winkte mir zu. Erleichtert ging ich zu ihr hinüber. Sie stand inmitten einer Traube von Jungs aus der Sportmannschaft. Mit einem von ihnen begann ich ein Gespräch und kurz darauf tanzten wir. Offensichtlich gefiel ich ihm, denn plötzlich küsste er mich völlig unvermittelt.

Ich erwiderte den Kuss und versuchte, jenes Gefühl heraufzubeschwören, das ich gehabt hatte, als ich Luke küsste. Es funktionierte natürlich nicht. Das Einzige, was ich nach diesem Kuss verspürte, war Traurigkeit.

Den restlichen Abend haderte ich mit mir und fragte mich, warum ich das getan hatte. Würde ich jemals von Luke loskommen? Um mich herum hörte ich das Gelächter der anderen Gäste, sah die festlich gekleideten Menschen und viele Pärchen. Ich ertrug den Anblick nicht länger und lief nach draußen. Es war eiskalt, doch ich brauchte frische Luft. Erschöpft rief ich meine Mutter an und bat sie, mich abzuholen.

Am nächsten Tag warf ich zum ersten Mal wieder einen Blick auf Lukes Social Media Profil. Nichts Neues. Nach einigem Zögern klickte ich auf Pamelas Account. Als Profilbild hatte sie ein Selfie von sich und Luke in der Stockholmer Innenstadt eingestellt. Mit gerunzelter Stirn studierte ich sein Gesicht. Sah er glücklich aus?

Später ritt ich mit Sophie aus. Der Wind wurde stärker und die Pferde tänzelten aufgedreht über den weichen Schnee. Wir ritten einen schmalen Pfad im Wald entlang, da trat plötzlich ein riesiger Elchbulle vor uns auf den Weg.

Chess stieg, bis ihr Körper beinahe senkrecht in der Luft stand. Verzweifelt klammerte ich mich an ihren goldenen, verschwitzten Hals. Ich nahm alles wie in Zeitlupe wahr. Die verschneiten Äste, die hohen Bäume, den Schnee, die Zügel, die durch meine Finger glitten. Dann fiel meine Stute nach hinten um. Ich knallte auf den harten Boden und alles wurde schwarz.

Kapitel 10

Zurück ins Leben

Der Reiter stand versteckt im Schatten des großen Hauses. Sein Blick verfinsterte sich, als er seine Verlobte herausschleichen sah. Sie sah sich hektisch nach allen Seiten um, dann eilte sie hinunter zum Hengststall. Der Mann riss unsanft an den Zügeln seines Schimmels und lenkte ihn zu einer Baumgruppe in der Nähe des Stalls. Als er bemerkte, dass ein mächtiger Fuchs mit zwei Reitern auf seinem Rücken den Stall durch die rückwärtige Tür verließ, schrie er wütend auf und rammte seinem Pferd die Sporen in die Seiten.

Panisch blickte das Mädchen über ihre Schulter zurück. Der Reiter auf dem riesigen Schimmel würde sie bald eingeholt haben. Hatte er ihnen aufgelauert? Sie spürte den kräftigen Körper ihres geliebten Pferdes unter sich. Wie oft hatte sie die Ritte auf dem großen Fuchshengst genossen? Doch jetzt trieb sie ihn mit purer Angst vorwärts. Sie klammerte sich verzweifelt an dem jungen Mann fest, der vor ihr auf dem Pferd saß. Viel zu schnell näherten sie sich dem Bach. Dancer war das einzige Pferd im Stall, das überhaupt eine Chance hatte, diesen Bach zu überspringen. Schaffte er es auch im Dämmerlicht und mit zwei Reitern auf seinem Rücken? Noch dazu in dieser halsbrecherischen Geschwindigkeit? Das Mädchen und der junge Mann wussten beide, dass Dancer es

schaffen musste, sonst wäre alles verloren. Das Pferd stieß
sich kräftig ab und schraubte seinen Körper in die Luft. Be-
reits bevor sie in das kalte, reißende Wasser stürzten, ahnte
das Mädchen, dass es vorbei war. Gemeinsam wurden sie
hinab in die tiefe, alles verschlingende Dunkelheit gezogen.
Ihre letzten Gedanken galten dem jungen Mann, den sie über
alles liebte und ihrem prachtvollem Pferd Dancer.

Blinzelnd öffnete ich die Augen. Noch einmal hatte ich
Emma und Henrik im Traum sterben sehen. Sofort
schloss ich die Augen wieder. Bestimmt war ich auch
tot. Nur im Himmel konnte es so hell sein. Das glei-
ßende Weiß blendete mich und verstärkte meine Kopfschmerzen. Allmählich kamen andere Schmerzen
hinzu. Ich war also noch am Leben. Mein Körper fühlte
sich an, als könnte ich ihn nie wieder bewegen.

„Gemma!"

Langsam öffnete ich die Augen erneut und blickte in
das besorgte Gesicht meiner Mutter. Ich brachte keinen
Ton heraus. Mein Hals war trocken und rau. Mit großer
Mühe schluckte ich. „Mum?"

„Was ist los, Schätzchen? Tut dir etwas weh?"

Natürlich tat es das, aber das interessierte mich jetzt
nicht. „Was ist mit Chess?"

„Es geht ihr gut, Gemma. Sie hat sich nicht verletzt.
Sophie hat Hilfe geholt und wir haben einen Tierarzt
gerufen."

Beruhigt ließ ich die Augen zufallen. Meinem geliebten Pferd war nichts passiert. Die Wirkung der Medikamente zog mich zurück in einen wohltuenden Schlaf.

Als ich das nächste Mal erwachte, war ein Arzt bei mir. Er erklärte, dass ich großes Glück gehabt hätte. Ich war mit einer Gehirnerschütterung und einem gebrochenen Arm davongekommen.

„Wann kann ich wieder reiten?", fragte ich.

Der Arzt lächelte. „Dein Pferd wartet sicher schon auf dich. Wenn alles gut verheilt, kannst du in fünf Wochen wieder in den Sattel steigen", meinte er. „Aber lass es bis dahin langsam angehen. Keine schweren Heuballen heben oder ähnliches." Er zwinkerte mir zu und verließ den Raum.

Meine Eltern warfen sich einen schnellen Blick zu. „Gemma, darüber müssen wir mit dir reden", sagte meine Mutter.

Ich seufzte und rechnete damit, dass sie mir das Reiten erst in frühestens sechs Wochen erlauben würde.

„Wir haben Chess weggegeben. Sie ist zu gefährlich. Bis wir ein passenderes Pferd für dich gefunden haben, kannst du eines der Hotelpferde reiten."

Fassungslos starrte ich sie an. Was sollte ich jetzt tun? Wofür sollte ich leben?

„Weggegeben?", krächzte ich. „Ihr habt sie doch nicht …?" Ein Schreckensszenario blitzte in meinen Gedanken auf. Lebte Chess überhaupt noch?

Mama schüttelte den Kopf. „Natürlich nicht. Ein netter Mann hat sie gekauft, sie wird es dort guthaben."

Bebend atmete ich ein. Immerhin, sie war nicht beim Schlachter gelandet. Vor meinem inneren Auge erschien ihr Kopf mit den treuen Augen und dem goldenen Fell. „Ihr hattet kein Recht sie zu verkaufen! Sie konnte überhaupt nichts dafür!", schluchzte ich und weinte, bis ich keine Tränen mehr hatte und irgendwann wieder einschlief.

Viele Stunden später kam der Sanitäter vorbei, der mich damals in der Sporthalle betreut hatte. Er hatte mich auch aus dem Wald abgeholt.

„Hey Gemma! Was machst du nur immer für Sachen? Wenn ich dich nochmal verarzten muss, bekomme ich aber deine Handynummer", scherzte er.

Ich lächelte müde. Sie sollten mich einfach alle in Ruhe lassen und die Geräte abstellen.

Die ganze Woche aß oder trank ich nichts. Ich sprach mit niemandem mehr ein Wort. Nährstoffe und Flüssigkeit bekam ich über eine Infusion. Der Sozial-psychiatrische Dienst des Krankenhauses kam, aber ich blickte nur an der korpulenten Dame vorbei. Der gesamte Schmerz war zurückgekommen, nur dass er diesmal fast doppelt so stark war. Chess und Luke. Jetzt hatte ich beide verloren. Stundenlang starrte ich an die Krankenzimmerdecke und versuchte an nichts zu denken.

*

Auch Luke betrachtete eine weiße Zimmerdecke. Die Lichter der Stadt blendeten durch die Fenster im Schlafzimmer. Die hellen Gardinen waren zur Seite gezogen, aber sie waren ohnehin fast durchsichtig. Er blickte auf die junge Frau neben sich. Da lag Pamela, unbekleidet, und sehr attraktiv. Viele Männer wären jetzt sicher gerne an seiner Stelle. Aber Luke liebte sie nicht mehr. Es war bereits anders gewesen, als sie nach Amerika gegangen war. Schon damals hatte er nicht mehr wirklich das Bedürfnis verspürt, ihr nachzureisen.

Doch als er sie in Schweden gesehen hatte, wurde er von seinen alten Gefühlen übermannt. Es war wie früher gewesen. Sie hatten zusammen gelacht, Erinnerungen ausgetauscht und waren gemeinsam ausgeritten. Pamela hatte ihm geholfen, Ordnung in seine Gefühle zu bringen. Sich einzureden, dass er nicht mehr als Freundschaft für Gemma empfand. Aber dann konnte er sich nicht länger etwas vormachen. Nicht, wenn er sie jeden Tag sah. Ihr Lächeln, ihre Augen, er war einfach nicht stark genug gewesen. Luke hasste sich dafür, dass er an jenem Abend derart die Kontrolle verloren und sie geküsst hatte. Es hatte ihn zutiefst erschrocken, was er dabei empfunden hatte. Dass Pamela am Tag darauf abreisen wollte, war ihm wie ein Wink des Schicksals erschienen. Er war mit ihr gegangen. Seitdem hatte er jeden Tag an Gemma gedacht. Ob sie noch immer mit

Nathan zusammen war? Wie sie wohl mit Chess zurechtkam? Ob sie manchmal an ihn dachte?

Luke wusste es nicht und das quälte ihn zunehmend. Er träumte fast jede Nacht von Gemma, aber in letzter Zeit waren es keine schönen Träume mehr. Er sah sie ausgestreckt im Schnee liegen. Die Haare waren wie ein Fächer um ihren Kopf ausgebreitet und die Haut war weiß, wie der Schnee um sie herum. Als er diesen Traum zum ersten Mal hatte, war er versucht gewesen, beim Hotel anzurufen und zu fragen, ob alles in Ordnung sei. Aber dann hatte er sich eingeredet, dass das blöd wäre. Bestimmt ging es Gemma blendend ohne ihn und Herr Bergman war außerdem bestimmt wütend, weil Luke seinen Arbeitsplatz so überstürzt verlassen hatte.

Plötzlich klingelte sein Handy. Er sprang auf, um den Anruf entgegenzunehmen, bevor Pamela davon geweckt wurde.

„Luke, hier ist Sophie Bergman", meldete sich eine bekannte Stimme.

„Ähm, hallo Sophie." Ihm wurde eiskalt. Warum rief Gemmas kleine Schwester ihn an?

„Luke, ich wollte das eigentlich nicht tun, aber ich weiß nicht mehr weiter. Gemma …", begann sie.

„Was ist mit ihr?", unterbrach er sie. Sophie erzählte ihm alles, von dem Tag als Gemma mit Nathan Schluss gemacht hatte – dem Tag, an dem er sie geküsst hatte.

Von Gemmas Gefühlen für ihn und dem Reitunfall. Und davon, dass ihre Eltern Chess verkauft hatten und Gemma sich seitdem weigerte, zu reden und zu essen.

Luke war schockiert. Mit so etwas hatte er nicht gerechnet.

„Luke, ich flehe dich an! Ich habe keine Ahnung, wo du bist, aber wenn dir irgendetwas an meiner Schwester liegt, musst du kommen", bat sie ihn eindringlich. „Ich glaube, du bist der einzige Mensch, der ihr helfen kann."

„Wie soll sie mir verzeihen, dass ich nach dem Kuss einfach abgehauen bin?", fragte er verzweifelt.

„Oh, sie wird dir verzeihen", prophezeite Sophie. „Mit unseren Eltern wird es bestimmt schwieriger, aber wenn du es schaffst, dass Gemma wieder isst, trinkt und redet, werden sie dich wieder mit offenen Armen aufnehmen."

Luke versprach, so schnell wie möglich zu kommen. Nachdem er aufgelegt hatte, starrte er minutenlang auf das schwarze Display. Dann lief er ins Bad, zog sich an und ging zurück ins Schlafzimmer, um Pamela zu wecken und seine Sachen zu packen. Er würde gehen, aber er wollte sich im Guten von Pamela trennen. Sie bedeutete ihm viel. Pamela wachte auf, als er seine Tasche aus dem Schrank nahm.

„Luke? Wo willst du hin?", fragte sie schläfrig.

Er setzte sich zu ihr aufs Bett. „Pamela ... ich ... es tut

mir leid, aber ich muss weg", stammelte er.

Pamela setzte sich auf. „Du verlässt mich?" Sie schien kaum überrascht.

Luke nickte. „Ich muss zurück zum Hotel."

„Also ist da wirklich etwas gelaufen zwischen dir und der Tochter deines Chefs?"

Pamela kannte ihn sehr gut, sie musste die Blicke bemerkt haben, die Gemma und er sich manchmal zugeworfen hatten. Und obwohl sie ihn nie danach gefragt hatte, war es ihr sicher auch merkwürdig vorgekommen, dass er damals in einer Nacht-und-Nebel-Aktion mit ihr abgereist war.

„Liebst du sie?"

„Ja." Ein leichtes Lächeln huschte über Lukes Gesicht. Es war das erste Mal, dass er es aussprach und sich erlaubte, es zu denken. „Sie liegt im Krankenhaus, ihre Schwester hat gerade angerufen. Sie hat vielleicht etwas übertrieben, aber sie meinte, dass es Gemma sehr schlecht geht. Sie hatte einen Unfall." Pamela sah in aus ihren bernsteinfarbenen Augen an. Wie sehr hatte er diese Augen einst geliebt. Und doch, er hatte für Pamela anders empfunden. Seine Gefühle für Gemma waren stärker, heftiger.

„Dann fahr zu ihr! Ich kümmere mich um Glory bis du ihn abholst", bot sie an.

Luke küsste sie dankbar auf die Stirn und verließ eilig die Wohnung. Er fuhr so schnell er sich traute, doch die fünfhundert Kilometer, die zwischen Stockholm und Gemmas Heimat lagen, konnte er nicht abkürzen.

Als er endlich im Krankenhaus ankam, war er aufgeregt. Wie würde Gemma reagieren? Luke betrat das Zimmer und seine Gefühle überwältigten ihn. Da lag das Mädchen seiner Träume. Überall auf den Ablageflächen standen Blumen. Auf dem weißen Bett sah sie ungesund blass und dünn aus. Ihre Haare lagen zusammengedrückt unter dem Kopf, sie war umgeben von Schläuchen und piependen Geräten.

Erst jetzt bemerkte er den blonden, jungen Mann, der neben ihrem Bett saß und sie besorgt ansah. Eindeutig nicht Nathan, aber wer zum Teufel war das?

Langsam näherte Luke sich dem Bett. „Gemma?", frage er leise.

Der blonde Mann schüttelte den Kopf. „Sie schläft. Der Arzt hat ihr ein Schlafmittel verabreicht. Ich bin der Sanitäter, der sie hergebracht hat."

Luke blickte auf die bleiche, ausgemergelte Gemma und dann wieder in das Gesicht des Mannes. Der erhob sich langsam und ließ ihn mit Gemma, seinen Gefühlen und seinen Vorwürfen allein. Er brach auf einem Stuhl zusammen und weinte. Durch sein Handeln hatte er das Mädchen, das er liebte, fast in den Tod getrieben. Luke saß mehrere Stunden am Bett, redete mit Ärzten und Pflegern und weigerte sich, zu gehen.

*

Behutsam öffnete ich die Augen. Noch immer hatte ich mich nicht an die blendende Helligkeit gewöhnt.

„Gemma?", hörte ich Lukes leise Stimme. Mit einem leisen Stöhnen schloss ich die Augen wieder. Jetzt bildete ich mir schon seine Stimme ein.

„Gem?"

Die Stimme hörte sich sehr real. Vorsichtig wandte ich den Kopf und starrte in sein Gesicht. Luke war da. Wirklich und wahrhaftig! Warme, salzige Tränen liefen mir über die Wangen. Wie durch eine Wärmflasche erwärmte sich mein Innerstes langsam. „Luke. Du bist hier", sagte ich schwach.

Luke nickte. „Es tut mir so leid, Gemma. Ich hätte nicht gehen dürfen."

„Nein." Aber im Moment war es mir egal, dass er weg gewesen war. Hauptsache jetzt war er wieder da. Alles andere konnten wir später bereden. „Bleibst du?", fragte ich, denn das war für mich im Moment das Einzige, was zählte.

„Wenn du mich noch willst."

Verständnislos runzelte ich die Stirn. Ich ihn? Ich wollte ihn schon so lange. Es ging darum, ob er mich wollte. „Ich liebe dich", sagte ich leise. Normalerweise hatte ich immer verächtlich gegrinst, wenn ich irgendwo gehört oder gelesen hatte, dass eine Fünfzehnjährige das sagte, aber bis dahin hatte ich Luke nicht gekannt. Hatte nichts von diesen überwältigenden

Gefühlen geahnt. Luke beugte sich zu mir und küsste mich zärtlich.

„Ich liebe dich auch", murmelte er und küsste mich gleich nochmal.

Ich wollte meinen Arm um seinen Hals schlingen, wurde aber von dem Infusionsschlauch daran gehindert. Egal, es war auch so wunderschön.

Meine Genesung schritt erstaunlich schnell voran, die Ärzte und Schwestern waren sehr überrascht. Bald durfte ich wieder nach Hause. Ich wusste, dass es der nächste Schock für mich werden würde, wenn ich sah, dass die Box meiner geliebten Stute wirklich leer war. Das würde alles so endgültig machen. Aber ich hatte Luke und spürte, dass ich mit ihm alles überstehen konnte. Gemeinsam packten wir die Sachen von meinem Krankenhausaufenthalt in eine Tasche. Plötzlich hielt Luke inne. Er hatte das Foto von uns beiden in der Hand. Bei dem Unfall hatte es sich in der Tasche meiner Reithose befunden. Inzwischen war es tausendfach geknickt, eingerissen und ziemlich weich geworden. Er starrte es an. Ich sah, wie ihm Tränen in die Augen stiegen und eine Welle von Schmerz sein Gesicht überschattete.

„Ich hätte dich auch ohne dieses Foto nie vergessen", sagte ich und schmiegte mich an ihn. Luke umarmte mich, als wolle er mich nie wieder loslassen.

Auf der Fahrt nach Hause erzählten meine Eltern, dass sie eine Überraschung für mich hätten. Ich war mir sicher, dass sie Chess zurückgekauft hatten, und war ihnen unendlich dankbar, dass sie ihren Fehler eingesehen hatten. Endlich würde alles gut werden. Voller Vorfreude rutschte ich auf dem Sitz herum und blickte hinaus in die düstere Landschaft, die trotz allem zu strahlen schien.

Die Stimmung im Auto hätte besser sein können, denn das Verhältnis zwischen Luke und meinen Eltern war angespannt. Doch wie Sophie vorhergesagt hatte, waren sie in erster Linie dankbar, dass es mir besser ging. Vor allem mein Vater hatte aber damit zu kämpfen, dass ich offenbar einen älteren Mann liebte. Und damit, dass sie beide nichts davon geahnt hatten.

„Deine Überraschung ist im Stall", erklärte Papa, als wir zuhause ankamen. Mit einem breiten Grinsen betrat ich den Stall und sah zu Chess' Box. Ein großes, fuchsfarbenes Pferd stand darin. Aber es war nicht Chess, sondern ein Wallach mit heller Mähne und weißem Schweif. Seine Augen sahen mich sanft an, als ich mechanisch die Hand ausstreckte, um ihn zu berühren.

„Das ist Prinzow. Er ist elf Jahre alt und sehr gut ausgebildet", verkündete Mama stolz. „Er gehört jetzt dir!" Der hübsche Wallach beschnupperte in Ruhe meinen eingegipsten Arm und ich konnte nicht anders, als mir vorzustellen, wie Chess misstrauisch geschnaubt hätte.

Ich taumelte zurück. Luke stand dicht hinter mir und hielt mich an der Taille fest. Ohne ein Wort wandte ich mich um und rannte ins Haus.

Später saß ich in meinem Zimmer auf dem Fensterbrett. Ich hatte es vermisst, auf dem kalten Stein zu sitzen und in den Nachthimmel zu sehen, die kühle Abendluft zu spüren und die Stille zu genießen. Nur das leise Plätschern des Bächleins war zu hören.

Da klopfte es an der Tür.

„Ja", sagte ich leise und wollte es gerade etwas lauter wiederholen, da ich befürchtete, derjenige hätte es nicht gehört, da trat Luke ein. Es war das erste Mal, dass er in mein Zimmer kam und ich saß nur mit einem dünnen Nachthemd bekleidet da.

„Ist es in Ordnung, dass ich hier bin?"

„Natürlich."

Er sah sich nicht um, kam nur auf mich zu und umarmte mich. „Keine gute Idee, dir einfach ein anderes Pferd hinzustellen, finde ich", meinte er.

Ich glitt vom Fensterbrett und kuschelte mich an ihn. „Nein. Ich muss Chess zurückbekommen."

Jetzt, wo Luke da war, wusste ich nicht mehr, wie ich ohne ihn überlebt hatte.

„Warum bist du gegangen?" Diese Frage beschäftigte mich schon ewig. Ich musste es wissen.

„Darf ich?", fragte er und deutete aufs Bett.

„Klar."

Luke war sich nicht sicher, wie er sein Handeln erklären sollte. „Gemma, ich fand dich vom ersten Augenblick an toll", begann er und erinnerte sich an ihre erste Begegnung.

Sie sah in ungläubig an. „Ich dachte, es wäre nur bei mir Liebe auf den ersten Blick gewesen."

Er lächelte matt. „Aber dann erfuhr ich, wer du bist, und vor allem dein Alter. Es war quasi Teil des Vertrages, dass ich nichts mit den Töchtern des Hauses anfangen durfte."

Gemma seufzte. „Richtig klasse finden meine Eltern es immer noch nicht."

„Nein. Und das kann ich verstehen. Du bist mir immer wichtiger geworden und obwohl ich wusste, dass er viel besser zu dir passte, war ich ziemlich eifersüchtig auf Nathan", gab er zu.

„Du hast es gut verborgen."

„Ja, wahrscheinlich. Ich hatte Angst, weil du mich so verrückt gemacht hast. Angst, weil ich nicht wusste, was genau du fühltest. Aber vor allem hatte ich Angst vor mir selbst. Ich wusste nicht, ob ich mich beherrschen könnte, wenn ich mit dir zusammen wäre. Ich wollte nichts tun, wozu du nicht bereit wärst. Schließlich war ich dein Trainer, auf keinen Fall wollte ich diese Position ausnutzen. Ich war mit der ganzen Situation überfordert und dann kam Pamela hierher …"

„Aber warum hast du nichts gesagt? Dich nicht wenigstens verabschiedet?", hakte sie nach.

Luke seufzte. „Du solltest nicht versuchen, mich aufzuhalten. Dann hätte ich nie die Kraft gefunden, zu gehen. Ich wollte dir auch keine Nachricht hinterlassen, in der ich es dir erklärt hätte. Du solltest wütend auf mich sein, damit du mich schnell vergisst."

Sie legte ihren Kopf auf seine Schulter. „Das ist eine bescheuerte Logik und dieser Plan hat überhaupt nicht funktioniert! Aber jetzt bist du da und bleibst bei mir."

„Ich habe keine andere Wahl", meinte er. „Jetzt kündigt dein Vater mir, wenn ich mit dir Schluss mache."

Sie knuffte ihn in die Seite. „Du bist der beste Reitlehrer, den ich je hatte, das kann ich also nicht riskieren", meinte sie und lachte. Dann küsste sie ihn.

Gemmas Eltern waren noch nicht so weit, dass sie Luke bei ihr schlafen ließen, doch er blieb an ihrem Bett sitzen, bis sie einschlief. Dann ging er hinunter, vorbei an Gemmas Vater, der offenbar darauf gewartet hatte, dass Luke die Treppe herunterkam.

*

Zwei Männer unterhielten sich wild gestikulierend. Der jüngere machte eine drohende Geste, dann verließ er aufgebracht das Haus und knallte die Tür zu. Der ältere, gekleidet in ein langes Nachtgewand, sank auf einem Stuhl zusammen und weinte. Dann stand er auf und ging mit unendlich schweren Schritten die Treppe zum Dachboden hinauf.

Beunruhigt erwachte ich. Soeben hatte ich wohl die letzten Minuten im Leben von Emmas Vater gesehen. Aber dieser Traum war anders gewesen, viel verschwommener als die Bisherigen. Die Worte der Männer hatte ich nicht verstanden, ich konnte nur die Traurigkeit des älteren spüren. Instinktiv wusste ich, dass es sich um Sven Burman und Benjamin Carlson gehandelt hatte. Was genau Sven zu Emmas Vater gesagt hatte, würde ich wohl nie erfahren. Doch offensichtlich wusste Benjamin, dass seine Tochter nie wieder zu ihm zurückkehren würde. Deshalb hatte ich den Traum wahrscheinlich so undeutlich gesehen. Emma lebte bereits nicht mehr, als sich diese Szene abgespielt hatte. Mit einem Gefühl von Hilflosigkeit schlief ich wieder ein und träumte erneut.

Eine kleine Frau mittleren Alters räumte die Schubladen eines Schreibtisches aus. Sie trug ein altmodisches Kleid und eine gestärkte, weiße Schürze. Rasch legte sie Briefe, Zettel, Fotos und andere Gegenstände in einen Karton. Dann ging sie durch das Haus, stieg die Treppe zum Dachboden hinauf und stellte die Kiste in eine Ecke, links neben der Tür.

Kapitel 11

Die Rückkehr des goldenen Pferdes

Als ich am nächsten Morgen erwachte, fiel mein Blick auf das Turnierfoto von Chess und mir. Ich schluckte. Irgendwie würde ich sie zurückbekommen. Das musste ich einfach! Vor meinem geistigen Auge stiegen schreckliche Bilder auf. Chess, wie sie von einem grausamen Mann gequält wurde. Chess, wie sie in einem dunklen Stall stand, ohne Futter und Wasser. Mir liefen Tränen über die Wangen. Wie konnten meine Eltern mir das antun? Konnte ich nicht einfach glücklich sein und Luke und Chess um mich haben?

Beim Frühstück versuchte ich, vernünftig mit meinen Eltern zu sprechen und bat sie, Chess für mich zurückzukaufen.

„Duchess ist zu gefährlich für dich, Gemma. Es war ein Fehler, sie damals zu kaufen!", meinte mein Vater.

Verzweifelt schüttelte ich den Kopf. „Nein! Chess hatte keine Schuld! Sie ist vor diesem riesigen Elch erschrocken, das kann jedem Pferd passieren!"

Doch meine Eltern blieben hart und sprachen stattdessen über einen Termin, den sie später in der Stadt hatten.

Während ich meinen Joghurt löffelte, fasste ich einen Plan. Wenn meine Eltern später das Hotel verließen, würde ich ihr Büro durchsuchen. Irgendwo gab es sicher Unterlagen von dem Verkauf. Ich musste wissen, wo Chess war. Dann konnte ich sie immerhin besuchen und mich davon überzeugen, dass es ihr gut ging.

Einige Stunden später durchforstete ich den Schreibtisch im Büro meiner Eltern. Dabei erinnerte ich mich an meinen letzten Traum. Es war derselbe Raum. Die Frau, vermutlich die Haushälterin der Carlsons, war mit einer Kiste voller Briefe und anderer Dokumente auf den Dachboden gegangen. Ich wollte unbedingt herausfinden, was mir der Traum hatte sagen wollen. Aber Chess war wichtiger. Hektisch durchsuchte ich alles, was mir in die Finger kam. Mit dem eingegipsten Arm war dies ein umständliches und langwieriges Unterfangen. Doch meine Mühe war umsonst und schließlich wusste ich nicht mehr, wo ich noch suchen sollte.

Traurig stieg ich die Treppe zum Dachboden hinauf. Die Tür öffnete sich knarrend. Das letzte Mal, als ich hier oben gewesen war, war mit Nathan gewesen. Es fühlte sich an, als wäre dies eine Ewigkeit her. Ein Lichtstrahl fiel durch ein Dachfenster herein und der Staub tanzte im Lichtkegel. Neugierig betrachtete ich die Ecke links neben der Tür. Ein gutes Dutzend Kisten standen dort. Seufzend ging ich in die Hocke und öffnete sie nacheinander. Die meisten Kisten enthielten alte Kleidungsstücke oder Bücher. In der vorletzten waren Briefe und Gegenstände, die von einem Schreibtisch stammen könnten. Aufgeregt blätterte ich die Papiere durch. Hauptsächlich alte Rechnungen und Belege. Doch auf einem Brief befanden sich weder Briefmarke noch Absender oder Empfänger. Der Umschlag war fest verschlossen und sah aus, als wäre er niemals geöffnet worden. Mit klopfendem Herzen riss ich ihn auf und fischte vorsichtig ein verblichenes Blatt Papier heraus. Langsam entzifferte ich die feine Handschrift.

Lieber Vater,

es fällt mir schwer, dich zu verlassen, doch ich kann unmöglich bleiben und die Ehe mit Sven Burman eingehen. Ich liebe Henrik, dessen Kind ich erwarte. Auch wenn er mittellos ist und du dir einen anderen Mann für mich gewünscht hast, er ist ein liebevoller und gutherziger Mann. Mit ihm werde ich eine Familie an einem weit entfernten Ort gründen. Sven würde niemals akzeptieren, dass ich ein Kind von einem anderen Mann zur Welt bringe, deshalb muss ich verschwinden. Ich weiß, dass du mich niemals an Sven versprochen hättest, wenn er uns nicht betrogen hätte und unsere Schulden ihm gegenüber nicht so unglaublich hoch wären. Dass ich dich hier mit allen Problemen allein lasse, tut mir aufrichtig leid! Ich habe große Angst, dass Sven seine Wut an Dancer auslassen könnte, außerdem weißt du, wie viel er mir bedeutet. Deshalb hoffe ich, du siehst es nicht als Diebstahl an, dass ich ihn mitnehme. Es wird trotzdem immer ein goldenes Pferd im Stall bleiben, wie du es dir gewünscht hast. Wenn es

keinen anderen Ausweg gibt, verkauf es, und begleiche damit
die Schulden.
In Liebe, deine Emma

Ich seufzte. Emmas Vater war wohl nicht dazu gekommen, den Brief zu lesen, es hätte jedoch nichts geändert. Nun wusste ich, dass Emmas Vater seine Tochter nicht aus reiner Geldgier an einen reichen Mann versprochen hatte, sondern weil die Familie offenbar in Schwierigkeiten steckte. Anscheinend hatte es schon immer Betrüger in der Familie Burman gegeben.

Es wird trotzdem immer ein goldenes Pferd im Stall bleiben, wie du es dir gewünscht hast. Also deshalb hatte niemand etwas gefunden, der das Haus und den Dachboden durchsucht hatte! Emma hatte den Wunsch ihres Vaters wörtlich befolgt und das goldene Pferd im Stall versteckt. Gespannte Freude durchfuhr mich und ich war mir ganz sicher, dass ich mit dieser Vermutung recht hatte.

Aufgeregt erhob ich mich, stolperte über meine eigenen Füße und lief aus dem Haus. „Luke! Sophie!", rief ich laut. Es dauerte nicht lange, bis die beiden bei mir waren. Schnell zeigte ich ihnen den Brief und erklärte meine Theorie. Sie sahen mich zweifelnd an, wollten mir jedoch nicht widersprechen und begleiteten mich zu dem verfallenen, steinernen Hengststall. Ich fühlte mich wie ein Kind auf dem Weg zu einem Abenteuer.

Der Stall war zugewachsen und verwittert, die Überreste des Tores hingen lose in den Angeln.

„Meint ihr, der Stall bricht zusammen, wenn wir drin sind?", fragte Sophie und schielte misstrauisch zu den schiefen Balken empor.

„Nein, so schlecht sieht das nicht aus", meinte Luke, nachdem er das Gebäude kritisch betrachtet hatte.

Mein Vertrauen in Lukes Urteilsvermögen war groß und ich betrat als erste die steinerne Stallgasse. Es kam mir vor, als wäre hier seit Jahrhunderten niemand mehr gewesen. Für einen Moment sah ich den gepflegten Stall aus meinen Träumen vor mir, mit vier edlen Pferdeköpfen, die über die Halbtüren schauten. Im nächsten Augenblick war ich zurück in der Gegenwart. Es roch modrig und überall hingen Spinnenweben. Der Boden war schmutzbedeckt, doch nirgendwo lag altes Gerümpel herum.

„Welche, sagtest du, war Dancers Box?", erkundigte sich Luke.

„Hinten links." Ich deutete auf die Box und fasste in ein tiefhängendes Spinnennetz. Schnell schüttelte ich die Hand und rieb sie mir an der Hose ab. In der Box war nichts außer Dreck. An der alten Boxentür konnte ich ein Messingschild erkennen. Vorsichtig kratzte ich mit dem Fingernagel darüber. *Golden Dancer* war deutlich darauf zu lesen. Wir waren auf der richtigen Spur.

„Und jetzt?", fragte Sophie.

Keine Ahnung, was ich erwartet hatte, aber es war eigentlich klar, dass das goldene Pferd nicht einfach im Futtertrog lag.

Luke zuckte die Schultern. „Viele Möglichkeiten gibt es ja hier nicht. Entweder es ist im Boden oder in der Wand", meinte er.

Wir liefen also wieder hinauf zum neuen Stall und holten Schaufeln und Hämmer. Mit den Schaufeln entfernten Luke und Sophie die gröbsten Ablagerungen vom Boden. Anschließend klopften wir mit den Hämmern die Wände und den Boden ab. Plötzlich kam ich mir albern vor. Normale Menschen in unserem Alter schlugen nicht auf der Suche nach einem Geheimversteck auf alte Wände ein, bloß weil sie etwas geträumt hatten. Ich wartete, bis eine fette, schwarze Spinne von dem Stein herunterkrabbelte, auf den ich als nächstes schlagen wollte.

„Hier!", rief Sophie mit schriller Stimme und deutete auf einen Stein in der Wand, etwa auf Hüfthöhe. Luke und ich waren sofort an ihrer Seite. Sie klopfte erneut darauf und tatsächlich klang es anders. Mein Körper kribbelte. Aufgeregt legte ich eine Hand auf den kühlen, staubigen Stein und versuchte ihn herauszuziehen. Es klappte nicht. Luke musste seine ganze Kraft aufwenden, um ihn zu entfernen. Der Stein fiel ihm beinahe auf die Füße und er sprang zurück. Wir starrten auf das freigelegte Loch in der Wand.

Ich zögerte, doch schließlich steckte ich beherzt meinen gesunden Arm in die Lücke. Tatsächlich stießen meine Finger gegen einen glatten Gegenstand. Langsam beförderte ich eine kleine Holzkiste ans Tageslicht.

„Oh!", rief Luke und trat mit weit aufgerissenen Augen wieder näher heran.

Behutsam stellte ich die Kiste auf den Boden, strich mit den Fingern über die feinen Holzfasern und klappte den Deckel auf. Was immer sich darin befand, war von einem alten, dunkelblauen Stück Stoff bedeckt. Ich entfernte ihn vorsichtig und wir starrten auf die wunderschöne, kleine Skulptur eines goldenen Pferdes. Es tänzelte leicht und der stolz gewölbte Hals glänzte im Licht. Es sah aus, als wäre es mitten in der Bewegung vergoldet worden. Die Skulptur war etwa fünfzehn Zentimeter hoch und beinahe das exakte Ebenbild von dem Gemälde in meinem Zimmer.

Einige Minuten saßen wir auf dem staubigen Boden und konnten uns nicht an der Schönheit des kleinen Pferdchens satt sehen. Endlich. Das goldene Pferd existierte tatsächlich und wir hatten es gefunden!

„Ich bin stolz auf dich, Schwesterlein!" Sophie fand als erste ihre Sprache wieder und tätschelte mir anerkennend die Schulter.

„Du hast es doch gefunden", meinte ich.

Sophie grinste. „Ja, ich bin auch toll, aber ohne dich hätten wir hier nie danach gesucht."

„Ihr seid beide wunderbar", sagte Luke versöhnlich. Da er bei diesen Worten aber nur mich ansah, schnaubte Sophie verächtlich und stand auf.

„Schon gut Luke, ich weiß, dass du verrückt nach ihr bist. Ich lasse euch ein bisschen allein." Sie zwinkerte uns zu, schnappte sich die Werkzeuge und stiefelte aus dem Stall.

„Wo hast du eigentlich den Brief gefunden?", wollte Luke wissen.

Ich erzählte ihm von meinem letzten Traum.

„Wow, das glaubt uns sicher niemand!"

„Es reicht mir vollkommen, wenn du mir glaubst", erwiderte ich.

Luke kratzte sich am Kinn. „Natürlich tue ich das. Auf irgendeine geheimnisvolle Art besteht eine Verbindung zwischen dir und Emma. Ich bin sicher, sie wollte, dass du es findest."

Meine Eltern kamen aus dem Staunen nicht mehr heraus, als wir ihnen unseren Schatz übergaben.

„Nicht zu fassen", hauchte Mama und berührte das Pferdchen ehrfürchtig.

In den nächsten Tagen tat ich alles, um mich von meinem Kummer wegen Chess abzulenken. Luke hatte Glory und seine restlichen Sachen aus Stockholm geholt. Ich verbrachte viel Zeit in Lukes Bungalow, aber auch mit meinen Freunden. Im Unterricht konzentrierte ich mich wie nie zuvor und versuchte den versäumten Stoff aufzuholen.

Als ich an einem Montag völlig abgekämpft von der Schule nach Hause kam, klingelte das Telefon. Unsere Rezeptionistin sprach gerade mit einem Gast, also nahm ich den Anruf entgegen.

„Gemma Bergman, Golden Horse Hotel, wie kann ich helfen?", begrüßte ich den Anrufer mit unserem Standardtext.

„Guten Tag. Mein Name ist Olaf Bender. Ich habe vor einigen Wochen eine Stute bei ihnen gekauft. Golden Duchess." Sofort hatte der Anrufer meine volle Aufmerksamkeit. Was für ein Zufall!

„Oh", sagte ich nur und kam mir ziemlich dämlich vor. „Wie geht es ihr?"

„Es geht ihr gut", meinte der Mann. „Die Sache ist die: Niemand hat erwähnt, dass die Stute trächtig ist."

Schon wieder war ich völlig überrascht. „Trächtig?"

„Ja, sie bekommt ein Fohlen. Die Untersuchung hat es eindeutig ergeben."

„Ich ... äh, wir wussten das nicht", versicherte ich stotternd.

„Jaja, das glaube ich sogar, aber ich kann keine Stute mit Fohlen gebrauchen. Ich wollte ein Turnierpferd und habe keine Möglichkeiten für eine Fohlenaufzucht. Für mich wäre es das Beste, wenn ich die Stute zurückbringen und mein Geld wiederhaben könnte!"

Am liebsten hätte ich einen Freudentanz vollführt. Der Mann wollte Chess zurückgeben! Dann fiel mir ein, dass ich niemals so viel Geld hatte. Meine Eltern hatten deutlich gemacht, dass sie Chess nicht zurückkaufen würden. Aber hatten sie mir nicht gerade ein gutes Springpferd geschenkt? Am liebsten hätte ich natürlich gesagt, dass er Chess sofort bringen sollte und wir eine Lösung finden würden, doch ich musste ehrlich sein.

„Ich muss das erst mit meinen Eltern besprechen", gab ich zu. „Hätten sie grundsätzlich Interesse an einem Pferdetausch?", fragte ich. „Wir hätten einen Wallach, ebenfalls ein Fuchs, und viel besser ausgebildet. Er bekommt auch garantiert kein Fohlen."

Olaf Bender lachte. „Ich hätte möglicherweise tatsächlich Interesse daran!"

Erleichtert legte ich den Hörer auf und versprach, so bald wie möglich zurückzurufen.

Voller Freude rannte ich hinaus, um Luke zu suchen. Da sah ich Glory auf der Koppel stehen. Der wunderschöne Rappschimmel blickte in meine Richtung und kaute auf einem Büschel Gras herum. Langsam ging ich zu ihm. „Du warst das, nicht wahr?", murmelte ich. „Du bist der Vater des Fohlens." Glory gab mir natürlich keine Antwort, doch er war der einzige Hengst hier.

Luke, Sophie und ich redeten zwei Stunden auf meine Eltern ein. Am Ende schafften wir es, dass sie sich mit dem Tausch einverstanden erklärten.

Olaf Bender kam bereits am nächsten Tag. Aus dem Auto stieg ein mittelgroßer Mann um die dreißig. Er war mir auf Anhieb sympathisch.

Meine Eltern entschuldigten sich bei ihm für die Umstände und beteuerten ebenfalls, dass sie keine Ahnung von der Trächtigkeit gehabt hatten.

„Vielleicht ist es das Beste so. Diese junge Dame scheint sich zu freuen, das Pferd wiederzubekommen", meinte Olaf und zwinkerte mir zu. „Ich bin sehr gespannt auf den Wallach."

„Können wir erst Chess ausladen?", bat ich.

„Natürlich."

Schnell schlüpfte ich in den Transporter. Chess sah sehr gut aus, das konnte ich selbst im dämmrigen Licht des Innenraums erkennen. Sie wieherte leise, als sie mich erblickte. Mit Freudentränen in den Augen löste ich ungeschickt den Knoten und führte Chess über die Rampe ans Tageslicht. Sie stieß ein trompetendes Wiehern aus, als sie ihre vertraute Umgebung erkannte. Immer wieder strich ich ihr über den Nasenrücken. Meine Chess. Sie war wieder da.

Luke hatte Prinzow bereits vorbereitet und holte ihn heraus, nachdem ich Chess in den Stall gebracht hatte. Er führte ihn vor und anschließend ritt Olaf auf ihm. Dieser war begeistert von dem Wallach, in dessen Ausbildung er nicht mehr so viel investieren musste wie bei Chess. Es war also die perfekte Lösung für alle.

Kapitel 12

Nachwuchs

Nachdem mein Gips abgekommen war, ritt ich Chess in ihrer Trächtigkeit nur wenig. Wir gingen ins Gelände oder machten leichte Dressurarbeit.

Irgendwann war es soweit. Der Tierarzt meinte, wir sollten mit der Fohlenwache beginnen. Luke und ich übernachteten auf der Stallgasse. Natürlich war ich sehr aufgeregt, doch in den ersten drei Nächten passierte nichts. Es war nicht so romantisch, mit meinem Freund auf der Stallgasse zu übernachten, wie ich es mir vorgestellt hatte. Jede Nacht war ich nervös und traute mich kaum zu atmen, aus Angst, Chess zu stören.

In der vierten Nacht zog ein Gewitter auf. Während der Regen aufs Dach prasselte und es heftig stürmte, wurde Chess unruhig. Sie legte sich hin, stand wieder auf und legte sich erneut hin.

Luke und ich hoben alarmiert unsere Köpfe, konnten aber nur zusehen. Es kam mir ganz kurz und gleichzeitig wie eine Ewigkeit vor, bis wir ein Paar nasse, kleine Hufe sahen. Zum Glück wurde es eine schnelle und leichte Geburt. Chess und ihr Fohlen blieben kurz liegen, bevor die Stute aufstand und nach dem kleinen wieherte. Dann leckte sie ihr Fohlen trocken. Als sie fertig war, erkannten wir, dass es ein Fuchs wie Chess war.

Goldfarben, mit einer kleinen, weißen Flocke auf der Stirn. Das kleine Pferdchen stand bereits nach kurzer Zeit auf wackeligen Beinen. Am Anfang fiel es immer wieder hin, aber bald konnte es stehen und suchte mit zitternden Lippen nach dem Euter.

Wir waren erleichtert, als wir die leisen, schmatzenden Geräusche hörten. Wie stolze Eltern standen wir Arm in Arm vor der Box und betrachteten die magische Szene. Luke rief beim Tierarzt an und dieser versprach, sofort zu kommen.

Dr. Nyström untersuchte Stute und Fohlen und kam dann mit einem breiten Lächeln aus der Box. „Herzlichen Glückwunsch, Gemma! Du hast ein Fohlen und eine Mutter wie aus dem Lehrbuch! Dein kleiner Hengst ist gesund und munter! Ihr solltet die beiden jetzt allein lassen und ins Bett gehen", meinte er.

An Schlaf war natürlich nicht zu denken, also weckte ich meine Eltern und Sophie.

Mama öffnete um fünf Uhr morgens eine Flasche Sekt und wir stießen auf das erste Fohlen an, das seit langem im Golden Horse Hotel zur Welt gekommen war.

In den nächsten Wochen unternahm ich viel mit Chess und ihrem kleinen Hengst. Weil alle, inklusive er selbst, so stolz waren, nannte ich ihn Golden Pride. Er war ein mutiges Fohlen und wollte alles erkunden. Pride hatte von Anfang an kaum Berührungsängste. So lernte er schnell ein Halfter zu tragen, sich führen zu lassen, die Hufe zu geben und überall geputzt zu werden. Eine Frau aus dem Dorf, deren Stute ebenfalls kürzlich gefohlt hatte, brachte ihre Stute mit Hengstfohlen zu uns. So konnten beide in Gesellschaft eines Spielgefährten aufwachsen.

Wie so oft standen Luke und ich am Koppelzaun und betrachteten die beiden Fohlen beim Spielen.

„Glücklich?", fragte Luke leise in mein Ohr.

Ich drehte meinen Kopf zu ihm und grinste von einem Ohr zum anderen. „Ja!"

Luke lächelte und küsste mich.

Wenige Stunden später lagen wir auf seinem Bett und hörten Musik. Alles war perfekt. Ich liebte den Mann meiner Träume und das Beste war, er liebte mich auch. Das sah ich an seinen Blicken und spürte es, wenn er mich berührte. Und ich fühlte es, wann immer er in meiner Nähe war. Selbst wenn er nicht da war, war es wie ein Schutzschild, das ich in mir trug. Ich wurde geliebt. Das gab mir eine nie gekannte Leichtigkeit und ein Gefühl von Freiheit, Stärke und Geborgenheit. Als könne er Gedanken lesen, zog er mich an sich und küsste mich. Nur eine Kleinigkeit fehlte, etwas, das unsere Liebe noch mehr beweisen würde. Einen kurzen Augenblick überlegte ich, ob ich mit Nathan jetzt auch soweit gewesen wäre.

„Schläfst du mit mir?", fragte ich.

Luke lächelte. „Ja. Aber jetzt nicht."

„Warum nicht?"

„Es sollte etwas Besonderes sein, Gemma. Du bist etwas Besonderes und ich möchte, dass du wirklich soweit bist."

„Aber das bin ich", meinte ich etwas trotzig.

„Warten wir wenigstens, bis du sechzehn bist, okay?"

Ich verdrehte die Augen. „Das bin ich doch bald. Was macht es für einen Unterschied?"

Er sah mich gequält an. „Gemma, ich fühle mich jeden Tag schuldig wegen unseres Altersunterschiedes. Ich stehe unglaublich auf dich und wenn du denkst, dass es mir leichtfällt, einfach nur neben dir zu liegen, dann irrst du dich."

Mir war nicht klar gewesen, dass ihn mein Alter immer noch derart beschäftigte. Manche meiner Mitschüler brachten mir Anerkennung entgegen, weil ich einen deutlich älteren Freund hatte. Aber ich musste einsehen, dass die meisten Erwachsenen das eher skeptisch betrachteten.

„Es interessiert mich nicht, was die Leute sagen werden", erklärte ich.

„Das ist mir inzwischen auch egal. Es weiß ohnehin niemand, was wir tun oder nicht tun. Es geht mir um dich. Außerdem würde ich mich selbst auch besser fühlen", gab er zu.

Unwillig zog ich eine Grimasse. „Na schön, dann warten wir wegen dir."

Luke lachte und küsste mich.

An meinem Geburtstag herrschten angenehme Frühlingstemperaturen und wir gingen abends an den Strand. Ich bekam einen Anruf von einer unterdrückten Nummer, nahm ihn aber trotzdem entgegen.

„Gemma?", fragte eine unbekannte Frauenstimme am anderen Ende der Leitung.

„Ja. Wer ist da?"

„Hier spricht Alice Carlton, Lukes Mutter", erklärte die Stimme auf Englisch.

„Oh ... Hi! Ich freue mich sehr über den Anruf." Nervös spielte ich an einer Haarsträhne herum. Noch nie hatte ich mit Lukes Eltern telefoniert. Und dann musste ich auch noch Englisch sprechen.

„Ich wünsche dir alles Gute zum Geburtstag, Gemma! Wir haben dich leider noch nicht kennengelernt, aber Luke hat uns schon viel von dir erzählt. Ich bin sicher, wir werden uns gut verstehen", meinte Alice. Dann bekam ich Lukes Vater ans Telefon. Er lud uns beide in ihr Haus nach England ein. Etwas überrascht bedankte ich mich und ging dann wieder zu meinen Gästen.

Es wurde ein wunderschöner Abend. Christian sorgte für gute Musik, alle tanzten barfuß im Sand oder im seichten Wasser. Später zündeten wir ein Lagerfeuer an. Da rief Nathan an. Ich freute mich, als ich seinen Namen auf dem Display sah.

„Nathan?

„Hey Gemma! Happy Birthday!" Seine Stimmte klang ganz nah, obwohl ich wusste, dass er sich auf der anderen Seite der Welt befand.

„Danke! Schön, dass du anrufst. Wie geht es dir?"

Nach einem kurzen Smalltalk fragte Nathan zögernd, ob ich mit Luke zusammen sei.

„Ja, wir sind zusammen."

Er musste die Freude in meiner Stimme selbst bis nach Australien hören

„Du klingst sehr glücklich. Das freut mich für dich!"

Ich lächelte. „Das bin ich. Und ... hast du wieder jemanden gefunden?"

„Ja. Sie heißt Sarah und ist siebzehn."

„Das freut mich! Ich fände es schön, wenn ihr uns irgendwann besuchen kommt. Es gibt immer ein freies Zimmer für euch!"

Nathan lachte und meinte, dass er bestimmt eines Tages wieder nach Schweden kommen würde.

Gegen Mitternacht, als ich völlig erschöpft vom Tanzen und den vielen Glückwünschen war, setzte ich mich zu Luke und einigen anderen ans Feuer. Zufrieden lehnte ich mich mit dem Rücken an seinen Oberkörper. Er schlang die Arme um mich und legte seine

Hände auf meinen Bauch. Es war herrlich hier mit ihm zu sitzen und in die lodernden Flammen zu blicken. Um mich herum nur Menschen, die ich gerne mochte. Für einen kurzen Moment erinnerte ich mich, wie alles angefangen hatte. Als ich mit Nathan am Feuer gesessen hatte und Luke plötzlich aufgetaucht war, weil er sein Pferd gesucht hatte. Unglaublich, wie sich alles verändern konnte.

Ich spielte mit meinen nackten Füßen im Sand und legte meine Hände auf die von Luke. Emmas Kette hing um meinen Hals. Von Luke hatte ich heute Ohrringe bekommen, die gut dazu passten. Nachdem alle gegangen waren, saßen nur noch wir beide da und blickten aufs Meer hinaus. Die Sterne verblassten allmählich und machten der Morgensonne Platz.

Am Abend darauf ging ich in Lukes Hütte. Nun war ich sechzehn und hatte nicht vergessen, was er mir versprochen hatte. Luke auch nicht. Dennoch zögerte er.

Ich nahm seine Hand und sah ihn aufmunternd an. „Komm schon, ich bin es, die aufgeregt sein muss. Du hast das schon hunderte Male gemacht", scherzte ich.

Luke lachte. „Vielleicht sollten wir uns noch etwas Zeit lassen. Ich kann warten, es macht mir nichts aus."

Langsam knöpfte ich sein Hemd auf und küsste ihn. „Aber ich will nicht mehr warten. Ich fühle mich bereit. Ernsthaft, Luke. Bitte!"

Er gab endlich seinen Widerstand auf und auch wenn es anfangs etwas weh tat, wurde es die schönste Nacht meines Lebens.

„Sorry, meine Süße, aber du musst zur Schule", weckte Luke mich am nächsten Morgen.

Unwillig stand ich auf, zog mir etwas an und verließ ihn mit einem wehmütigen Kuss. Ich schlich in mein Bad, duschte ausgiebig und betrachtete mein Erscheinungsbild im Spiegel. Bildete ich mir ein, dass ich viel erwachsener aussah? Außerdem strahlte ich regelrecht von innen heraus. Glücklich zwinkerte ich meinem Spiegelbild zu. Dann bemerkte ich, wie spät es war und eilte zur Bushaltestelle.

Meinen Freundinnen entgingen meine auffallend gute Laune und das verstärkte Leuchten in meinen Augen natürlich nicht.

„Ihr habt es getan, oder?", quietschte Nike in der ersten Stunde.

Unsere Mathelehrerin drehte sich mit strengem Blick um und fixierte mich, gerade als ich antworten wollte.

„Gibt es etwas Wichtigeres als die Lösung dieser Gleichung, was du uns allen mitteilen möchtest, Gemma?", fragte sie in scharfem Ton.

Die ganze Klasse kicherte. Mit roten Wangen senkte ich den Blick und murmelte eine Entschuldigung. Bis zur Pause konnte ich mich nicht konzentrieren.

Die Blicke meiner Freundinnen schienen mich zu löchern und ich war selbst noch dabei, das Erlebte zu verarbeiten. In der Pause gab es kein Halten mehr und ich war aufgeregt und ein bisschen stolz, meinen Freundinnen die Neuigkeiten zu erzählen.

„Hat es sehr weh getan?", fragte Fanny und kaute auf ihrer Unterlippe.

Ich nickte. „Ja, am Anfang wollte ich nur, dass es vorbei ist. Aber dann wurde es richtig schön."

„Luke ist so erfahren, er weiß bestimmt was er tut", meinte Nike. „Da bin ich mir bei den Jungs in unserem Alter oft nicht so sicher." Sie lachte.

Fanny und ich stimmten ein und ich freute mich einmal mehr, Freundinnen zu haben, mit denen ich wirklich alles besprechen konnte. Diese beiden Mädchen, die mich nicht im Stich gelassen hatten, als es mir schlecht ging, bedeuteten mir inzwischen sehr viel.

Kapitel 13

Wenn Träume wahr werden

Lukes Eltern schickten uns zwei Flugtickets und schon in den nächsten Ferien besuchten wir die beiden für eine Woche. Die Zeit in England verging unheimlich schnell. Lukes Mutter und ich verstanden uns von Anfang an gut und auch sein Vater war sehr nett. Alice war schmal und ausgemergelt. Man konnte ihr ansehen, dass sie unter einer schweren Krankheit litt. Sein Vater sah aus, wie ich mir Luke in vielen Jahren vorstellte. Groß, schlank und das Haar, welches einmal dunkel gewesen sein musste, bereits ergraut.

Die Carltons wohnten in einem kleinen, englischen Vorstadthaus mit einem Garten, der kaum größer war, als die Boxen unserer Pferde. Doch es versprühte den typisch englischen Charme, den ich bisher nur aus Filmen kannte. Wir schliefen in Lukes altem Zimmer und kuschelten uns in dem schmalen Jugendbett aneinander. Es war anstrengender, als ich es mir vorgestellt hatte, den ganzen Tag Englisch reden zu müssen. Nur mit Lukes Großvater, den wir zwei Mal in dieser Woche besuchten, konnte ich Schwedisch sprechen. Er erzählte von vielen Orten, die er während seiner Zeit in Schweden besucht hatte. Es gefiel mir, den Geschichten des älteren Mannes zu lauschen.

Natürlich lernte ich einige von Lukes alten Freunden und Freundinnen aus der Schulzeit kennen. Wir gingen mit ihnen aus und besuchten Plätze, die Luke etwas bedeutet hatten. Mir wurde ganz schwindelig von all den Namen und Gesichtern. So gut es mir auch im kühlen, rauen England gefiel, ich war sehr froh, als wir wieder ins vertraute Schweden zurückflogen.

Am ersten Abend, den ich wieder bei meiner Familie und den Pferden verbrachte, holte ich Chess von der Koppel, setzte mich auf ihren blanken Rücken und ritt mit ihr die Wege zwischen den Koppeln entlang. Es roch wunderbar nach Sommer, frisch gemähtem Gras und Pferden. Kleine Fliegen umschwirrten uns, doch auch sie störten mich heute nicht. Ich trug nur Shorts und die Haare meiner Stute klebten an meinen Innenschenkeln, aber das machte nichts. Die untergehende Sonne färbte das Fell meines Pferdes noch goldener. Ich blieb sitzen während Chess graste, strich ihr über das weiche Fell und dachte darüber nach, ob ich jemals glücklicher sein würde als jetzt.

* * *

Im folgenden Sommer, als ich siebzehn wurde, hatten Chess und ich eine gute Turniersaison. Meine wunderbare Stute trug mich sicher über alle Hürden und wir hatten gemeinsam viel Spaß. Luke begleitete uns fast immer zu den Turnieren. Auch mein kleiner Hengst entwickelte sich prächtig. Ich lebte ein beinahe zu perfektes, unbeschwertes Leben, verbesserte mich deutlich in der Schule und machte entspannte Ausritte mit Sophie und meinen Freunden.

Das Hotel lief sehr gut und das goldene Pferd stand nun in einer Glasvitrine im Eingangsbereich. Darüber hing das Bild von Golden Dancer und daneben ein Text mit der Geschichte von Emma, Henrik und ihrem Hengst. Zumindest, soweit wir sicher wussten, was passiert war. Falls es richtig war, was ich geträumt hatte, wollten wir dies den Hotelgästen nicht verraten. Sie konnten sich ihr eigenes Ende für die Geschichte ausdenken. Emma und Henrik sollten am Grund des Baches ihren Frieden haben. Alle Gäste waren fasziniert von der Schönheit der Skulptur und des Gemäldes und blieben fast immer einige Minuten stehen, um beides bewundern.

* * *

Im Jahr darauf wurde ich endlich volljährig. Ich hatte die Schule abgeschlossen und wusste nicht, ob ich studieren oder später das Hotel übernehmen sollte. Vorerst wollte ich für ein Jahr im Hotel mitarbeiten.

Einige Wochen nach meinem achtzehnten Geburtstag, begann Luke sich seltsam zu benehmen. Es fühlte sich an, als hätte er ein Geheimnis vor mir und das erfüllte mich mit Unruhe. Ich war überzeugt davon, dass er mich liebte, also was verbarg er vor mir?

Wir gingen gerade von einem Mittsommerfest nach Hause, ich trug ein helles Kleid und einen Blumenkranz im Haar. Da kniete Luke vor mir nieder und fragte, was zweifellos der Grund für seine Anspannung gewesen war.

„Gemma Bergman, willst du mich heiraten?"

Ich stand da, im Licht der Mitternachtssonne, und blickte auf den Mann hinunter, der mein Verlobter sein würde, wenn ich „Ja" sagte. Im ersten Moment war ich unfähig, etwas zu erwidern. Ich starrte ihn nur an und ließ den Freudentränen, die über meine Wangen liefen, freien Lauf. Selbstverständlich wollte ich das! Es gab nichts, was ich mehr wollte, als für immer an seiner Seite zu sein.

Luke sah mich fragend an, seine Hand, in der er den Ring hielt, zitterte leicht.

„Ja", sagte ich mit brüchiger Stimme. „Ja, natürlich will ich das!"

Luke stand auf und küsste mich. „Ich war so aufgeregt", gestand er und steckte mir den Ring an.

Jeder, dem ich strahlend erzählte, dass Luke und ich heiraten würden, warf einen prüfenden Blick auf meinen Bauch. Dort gab es nicht mehr zu sehen als sonst auch. Die meisten hielten es für keine gute Idee. Wenn mir jemand prophezeit hätte, dass ich mit achtzehn heiraten würde, hätte ich es nicht für möglich gehalten.

Ich hatte nicht vorgehabt, so früh zu heiraten. Doch dann hatte ich Luke kennengelernt und jetzt wusste ich nicht, warum wir einen Tag länger warten sollten.

Sophie erwies sich als echter Schatz bei der Hochzeitsplanung und schon bald hatte ich das perfekte Kleid gefunden. Es war schlicht, weiß und wunderschön. Die Hochzeit zu organisieren war anstrengend, doch es war eine jener angenehmen Stresssituationen, die viel von einem verlangte, einen aber gleichzeitig höchst zufrieden stimmte. Wir wollten genau dort heiraten, wo alles begonnen hatte. Bei uns im Hotel. Die Trauung sollte im Freien stattfinden. Falls das Wetter nicht mitspielte, hatten meine Eltern ein riesiges, weißes Zelt gemietet.

Ich hatte meine eigenen, romantischen Vorstellungen davon, wie der Tag ablaufen musste. Natürlich wollte ich Chess dabeihaben. Also lieh ich mir eines von Sophies wallenden Karnevalkleidern und übte, damit zu reiten. Meine hübsche Stute war davon überhaupt nicht begeistert und warf mich beim ersten Mal fast ab. Mit viel geduldigem Training gewöhnte sie sich aber an den flatternden Stoff. Ich war zuversichtlich, dass sie mich am Hochzeitstag nicht vor den Augen aller Gäste ins Gras werfen würde.

Als der große Tag im Spätsommer endlich gekommen war, schien zwar nicht die Sonne wie im Bilderbuch, doch immerhin war es trocken.

Bereits in den frühen Morgenstunden herrschte hektische Betriebsamkeit. Alles wurde aufgebaut, die Musiker kamen und legten meterlange Kabel über die Koppeln und überall wimmelte es von Leuten.

Ich konnte alles von meinem Zimmer aus beobachten. Sophie, Fanny, Nike und meine Mutter eilten geschäftig um mich herum und halfen mir beim Anziehen. Fanny, die eine Begabung für solche Dinge hatte, kümmerte sich um mein wasserfestes Make-up und die Hochsteckfrisur. Emmas Kette zierte meinen Hals und Fanny streckte kunstvoll einige kleine Blumen in meine Haare. Ich hatte befürchtet, dass ich verkleidet aussehen würde, doch das tat ich nicht. Es war mehr eine festlich geschmückte Version von meinem ganz normalen Ich. Luke würde es bestimmt gefallen. Irgendwie war ich aufgeregt, aber gleichzeitig seltsam ruhig. Und ich hatte großen Hunger.

„Kann mir jemand was zu essen holen?" bat ich.

„Wie kannst du jetzt an Essen denken?", fragte Nike.

„Du trägst dein Brautkleid", fügte Mama überflüssigerweise hinzu.

Schließlich hatte meine Schwester Erbarmen und holte mir ein Stück Brot, welches keinen Schaden auf meinem Traum in Weiß anrichten konnte.

Als es so weit war, ging ich die Treppe langsam und, wie ich fand, sehr würdevoll hinunter. Dann wartete ich mit meinem Vater vor dem Stall.

Er hatte Tränen in den blauen Augen und sah mich gerührt an. „Ich dachte nicht, dass ich mein kleines Mädchen so schnell verliere", meinte er mit belegter Stimme.

„Aber du verlierst mich doch nicht!" Ich lachte und tätschelte ihm beruhigend den Handrücken.

Lara hatte Chess vorbereitet und führte sie durch die Stalltür. Sie hatte ganze Arbeit geleistet. Mein Pferd glänzte wie poliertes Gold. In ihre Mähne waren aufwendig kleine, weiße Rosen eingeflochten.

„Wow Lara, vielen Dank!", rief ich begeistert.

„Sehr gerne, Gemma. Du siehst umwerfend aus!"

Lara drückte meinem Vater die Zügel in die Hand. Gemeinsam halfen sie mir aufs Pferd. Chess prustete trotz des Trainings und sah mich mit großen Augen an.

„Ist schon gut, meine Süße, ich bin es nur. Wir zwei machen jetzt einen kurzen Ausritt zu Luke und den anderen. Und dann hast du es schon wieder geschafft und darfst mit einem riesigen Arm voll Heu in deine Box zurück", murmelte ich beruhigend. Chess ließ mich freundlicherweise aufsteigen und Lara joggte davon, um ein Zeichen zu geben, dass wir bereit waren.

Meine Hände, mit denen ich die Zügel hielt, zitterten nun doch. Vater hatte zur Sicherheit eine Führleine in die Trense eingehakt. Mein Pferd spitzte die Ohren, als die Musik leise zu spielen begann. Wir hatten ein ruhiges Stück aus einem unserer Lieblingsfilme ausgewählt, damit Chess sich beim Klang der Musik nicht an eine Ehrenrunde erinnert fühlen und losgaloppieren würde.

Die Koppel sah aus wie ein Meer voller Farbtupfer. Die weißen Stühle, die dunklen Anzüge der Männer und die bunten Kleider der Frauen bildeten einen hübschen Kontrast zum satten Grün der Koppel. Ganz vorn unter einem weißen Baldachin erkannte ich den Mann, den ich in wenigen Minuten heiraten würde. Außerdem standen dort unsere Trauzeugen und der Redner, der die Trauung vornehmen würde. Die Gäste wandten sich zu mir um und ein Raunen ging durch die vielen Leute. Bestimmt strahlte ich so breit, wie noch nie in meinem Leben. Meine Stute schritt nach anfänglichem Tänzeln vorbildlich den Mittelgang entlang. Ich selbst hätte das vermutlich nicht so elegant hinbekommen und war froh, dass ich nur auf ihr sitzen musste. Einen winzigen Moment ließ ich meinen Blick in die Ferne schweifen und hielt überrascht inne.

Hinter dem Baldachin, am Ufer des kleinen Baches, konnte ich die Gestalt eines großen, goldfarbenen Pferdes erkennen. Die Reiterin auf seinem Rücken glich mir beinahe aufs Haar. Am Kopf des Pferdes stand ein gut aussehender, junger Mann. Oft genug hatte ich die drei in meinen Träumen gesehen, um zu wissen, um wen es sich handelte. Emma lächelte und hob die Hand zu einem letzten Gruß. Ich nickte leicht und berührte kurz das Herz an der Halskette. Dann lösten sie sich auf.

Möglicherweise reagierte Chess nur auf mich, doch vielleicht hatte sie dasselbe gesehen. Jedenfalls wieherte sie durchdringend und ich bildete mir ein, dass ihr Wiehern wie ein Echo erwidert wurde.

Mein Vater ruckte am Führstrick und die Gäste lachten. Niemand sonst schien etwas bemerkt zu haben, alle hatten entweder Luke oder mich angesehen. Und ich war als einzige hoch genug oben, um über den Baldachin blicken zu können. Oder hätte jemand anderes ohnehin nichts gesehen?

Nun, da war ich mir sicher, hatten Emma und Henrik ihren Frieden gefunden. Auf ihre Weise hatten sie Luke und mir ihren Segen gegeben.

Vorn angekommen, glitt ich aus dem Sattel und wurde von Luke aufgefangen. Lara eilte herbei und brachte Chess weg. Dann begann die Zeremonie, und ich war froh um mein wasserfestes Make-up. Jeder behauptet sicher von seiner Hochzeit, dass es die schönste gewesen sei. So natürlich auch Luke und ich. Unsere Fotos machten wir in der Nähe des Baches, gemeinsam mit Chess und Glory.

Früh an unserem ersten Morgen als Ehepaar wurden wir von seinem Trauzeugen, einem Freund aus England, abgeholt. Dieser sollte uns zum Flughafen bringen. Luke hatte es sich nicht nehmen lassen, die Flitterwochen allein zu planen. Sie sollten eine Überraschung für mich werden. Sophie, die eingeweiht worden war, hatte für mich gepackt. Ich ließ mich neben Luke auf dem Rücksitz nieder und war beinahe aufgeregter als vor der Hochzeit.

„Sag mir endlich, wo wir hinfliegen!", flehte ich. Doch Luke blieb unerbittlich. Auch sein Freund lachte nur, als ich versuchte, seinen Blick im Rückspiegel aufzufangen. So erfuhr ich tatsächlich erst am Flughafen, als ich meine Bordkarte bekam, wo es hingehen würde.

„MRS GEMMA CARLTON" stand auf meiner Bordkarte. Ich war so angetan von meinem neuen Namen, dass ich einige Sekunden brauchte, bis ich bereit war, nach dem Ziel zu schauen. „KEF" stand dort in schwarzen Lettern. Keflavik, Island. Begeistert fiel ich Luke um den Hals und jubelte, bis die Leute hinter uns verlegen grinsten. Schnell stellte ich meinen Koffer auf die Waage und hoffte, dass meine Schwester sich an die Gewichtsbeschränkung gehalten hatte. Glücklicherweise hatte sie es. Erleichtert ging ich händchenhaltend mit Luke zu unserm Gate. Noch immer konnte ich es kaum fassen. Ich war eine Ehefrau! Verheiratet mit Luke Carlton. Und wir waren auf dem direkten Weg in unsere Flitterwochen. Dass das schwedische Wetter heute grau und trist war und uns auf Island wahrscheinlich das gleiche erwartete, störte mich absolut nicht. Was für ein fantastisches Abenteuer!

* * *

Als wir von den herrlichen Flitterwochen zurückkamen, war meine kleine Schwester etwas zerknirscht.

„Gem? Luke? Ich muss euch etwas beichten", begann sie zögernd. „Ich habe kurz nicht aufgepasst. Es tut mir so leid, aber Glory ist ausgebrochen und zu Chess auf die Weide. Es könnte sein, dass sie wieder trächtig ist." Pride war gerade zwei Jahre alt und Chess bekam eventuell das nächste Fohlen? Ungläubig starrte ich sie an. Die kommende Turniersaison war bereits geplant.

„Da lässt man dich drei Wochen allein ...", begann ich. Dann musste ich lachen. „Ist doch nicht so schlimm, es wird sicher wieder ein sehr gutes Fohlen! Aber du hilfst mir bei der Arbeit!"

„Natürlich!" Sophie nickte eifrig.

Ich war auch ohne eine neue Turniersaison sehr beschäftigt. Chess erwartete tatsächlich wieder ein Fohlen, doch sie musste trotzdem leicht bewegt werden. Pride brauchte seine weitere Ausbildung, ich arbeitete im Hotel und Luke und ich wollten hinter den Bungalows ein Haus bauen. Das forderte unsere ganze Konzentration und Organisationsgabe. Der Architekt war unglaublich nett und geduldig. Wir wollten alles perfekt haben und die Pläne wurden oft umgezeichnet oder ausgebessert. Und dann begannen endlich die Bauarbeiten. Die Arbeiter waren sehr fleißig. Schneller als gedacht stand der Rohbau. Es war nur ein kleines

Häuschen, aber wunderschön. Endlich hatten wir einen Ort, an dem wir gemeinsam leben konnten.

* * *

Kurz nach meinem neunzehnten Geburtstag wurde ich unruhig. Meine Periode, die normalerweise sehr regelmäßig kam, war ausgeblieben. Zuerst schob ich es auf den Stress mit dem Haus, spürte aber instinktiv, dass irgendetwas anders war.

In der Apotheke kaufte ich zwei Schwangerschaftstests. Nur zur Sicherheit. Ich war unbeschreiblich nervös, als ich mich zu Hause im Bad verbarrikadierte und fassungslos zusah, wie sich in beiden Testfeldern rote Streifen bildeten. Mit zitternden Fingern kramte ich erneut nach dem Beipackzettel. Es bestand kein Zweifel. Ich war schwanger. Lange saß ich auf den kalten Fliesen und ließ diese Neuigkeit auf mich wirken. Ich war neunzehn und würde ein Baby bekommen. Wie würde Luke reagieren? Was würden meine Eltern sagen? Wie würden meine Freunde damit umgehen? Tränen liefen über mein Gesicht. Ich war selbst noch so jung! Wir hatten zwar darüber gesprochen, irgendwann Kinder haben zu wollen, aber das war mir so weit weg erschienen. Dafür war ich noch nicht bereit. Und wie hatte das überhaupt passieren können? Ich nahm regelmäßig die Pille. Aber irgendwie war es offensichtlich passiert.

Wie in Zeitlupe stand ich auf und sah in den Spiegel. Meine Pupillen waren geweitet, auf den Wangen zeigten sich hektische, rote Flecken. Vorsichtig hob ich den Stoff meines Shirts an und starrte auf meinen Bauch. Erkannte ich da bereits eine Wölbung? Nein, alles sah aus wie immer. Mir brach der kalte Schweiß aus und ich versuchte meinen Pulsschlag und meine Atmung zu kontrollieren, aber es gelang mir nicht. Himmel, ich war doch nicht bereit für ein Kind!

Da klopfte es an der Tür.

„Gemma? Gem, bist du da drin? Wo bleibst du denn?" Lukes Stimme klang etwas ungeduldig.

Mist, wir waren mit Fanny und ihrem Freund zum Abendessen verabredet.

„Sag Fanny bitte ab!", rief ich mit brüchiger Stimme nach draußen.

Er drückte die Türklinke, doch es war verschlossen.

„Gem, was ist los? Geht es dir nicht gut? Mach bitte auf!" Jetzt schwang Besorgnis in seiner Stimme mit. Gleich würde er wirklich einen Grund haben, sich Sorgen zu machen.

Ich atmete tief durch, wischte mir übers Gesicht und öffnete die Tür.

Er sah mich stirnrunzelnd an. „Gem, was ...?" Lukes Blick fiel auf die beiden Tests am Boden, seine Augen wurden groß und sein Mund öffnete sich vor Überraschung. „Bist du ...?" Er schluckte. „Schwanger?"

Erst jetzt bemerkte ich, dass ich die Luft angehalten hatte und atmete stoßweise aus. Ich wollte „ja" sagen, brachte aber keinen Ton heraus. Er sah mich immer noch unverwandt an. Stumm nickte ich und biss mir auf die Unterlippe.

„Bist du ganz sicher?" An seinem Tonfall erkannte ich nicht, ob er sich freute oder nicht.

„Ja", krächzte ich und schaffte es endlich, ihm in die Augen zu sehen. Überrascht stellte ich fest, dass darin keine Spur von Ärger zu finden war. Nur so etwas wie Freude.

Er schlang seine Arme um mich und küsste mich stürmisch. „Wieso siehst du dann aus, als ob jemand gestorben wäre?"

„Ich weiß nicht, ob ich bereit dazu bin. Ob wir bereit dazu sind. Und ich hatte Angst davor, was du sagen würdest", gab ich zu.

Luke sah mich ernst an. „Ich liebe dich, Gemma. Du bist es, was ich will. Und jetzt bekommst du unser Baby! Zwar etwas früher als geplant, aber irgendwann wollten wir es ohnehin. Gemeinsam schaffen das Gem, ich freue mich darauf!" Sein Ton erinnerte mich daran, wie er vor einem Turnier immer versuchte, mich zu beruhigen, und ich brachte ein kleines Lächeln zustande.

Er lachte. „Ich kann es nicht fassen. Ich werde Vater!"

Ganz langsam begann ich, mich an den Gedanken zu gewöhnen und mich ein bisschen zu freuen. Mit Luke konnte ich es schaffen. Was es wohl werden würde? Würde es so wunderschön sein wie Luke?

Gleich am nächsten Tag erzählten wir es meinen Eltern. Ich wollte dieses Gespräch schnell hinter mich bringen. Mein Vater nahm es nicht so gelassen auf und ich konnte ihn sogar verstehen Seine ältere Tochter liebte einen Mann, den er zwar inzwischen gerne mochte, der aber immer zu alt für sie sein würde. Dann heiratete dieser Mann sein kleines Mädchen, kaum war sie gesetzlich volljährig und nur ein Jahr später war sie schwanger. Dass die Verantwortung dafür allein bei Luke lag, stand für ihn offenbar außer Frage.

Chess brachte ein hübsches Pferdemädchen zur Welt. Ich nannte sie Golden Destiny, weil es mir oft vorkam, als sei alles, was hier passierte, auf irgendeine Weise Schicksal.

Unser Büro wurde kurzerhand zum Kinderzimmer. Ich strich den Raum in sanftem Grün und entdeckte ein ungeahntes Talent darin, Möbel aufzubauen. Ich hatte mich schnell daran gewöhnt, schwanger zu sein und spürte, was ich tun konnte und was nicht. Luke dagegen war immer besorgt. Er wollte am liebsten, dass ich mich ins Bett legte und in aller Ruhe rund wurde. Diesen Gefallen tat ich ihm nicht. So lange ich konnte, arbeitete ich mit den Pferden und traf mich mit meinen Freundinnen. Luke holte auf der Abendschule einen besseren Schulabschluss nach und wir freuten uns auf unsere Zeit als Familie. Oft streichelte ich meinen Bauch und erzählte dem Baby, was gerade um uns passierte.

Ich hätte es nie für möglich gehalten, dass in mir so viel Liebe Platz hatte. Es war, als würde mein Herz jeden Tag ein wenig anschwellen, um für die Liebe zu Luke und unserem Baby Platz zu machen.

Am Tag der Geburt war es eiskalt. Das Baby, das ich monatelang mit mir herumgetragen hatte, erblickte endlich das Licht der Welt. Es war merkwürdig, wie sehr ich dieses kleine Wesen lieben konnte, das ich nicht und gleichzeitig doch so gut kannte. Natürlich war unser Mädchen das schönste, beste und klügste Kind auf dem Planeten. Die Geburt war schmerzhaft gewesen, doch ich erinnerte mich nicht mehr genau daran. Es war alles verschwommen. Luke hatte die ganze Zeit meine Hand gehalten, auch wenn er dabei schrecklich bleich geworden war. Verschwitzt, atemlos und überglücklich lag ich auf dem Bett. Es war komisch, endlich im Liegen meine Füße wieder sehen zu können. Doch als unsere Tochter da war, so klein, zerbrechlich und wunderschön, waren der ganze Schmerz und die unangenehmen Seiten der Schwangerschaft vollständig weggeblasen. Für mich zählte nur noch dieses kleine Wunder in meinen Armen und ich konnte mich nicht an ihr sattsehen. Die strahlend blauen Augen, die schwarzen Härchen, die winzigen Hände und Fingernägel. Die meisten waren überzeugt, dass sich die blauen Augen verfärben würden, doch sie blieben. Wir nannten unser Mädchen Rebecka Emma Carlton, später nur Becky.

Epilog

Inzwischen ist unsere Becky drei Jahre alt. Sie ist nach wie vor ein hübsches Kind, mit den dunklen Locken ihrer Eltern und den strahlend blauen Augen ihres Großvaters.

Ich bereue es nicht eine Sekunde, Becky bekommen zu haben. Sie und Luke sind die größten Geschenke, die man mir hatte machen können. Zwar sehen mich manche Leute merkwürdig an, wenn ich mit Kind und Ehering herumlaufe, aber für mich stimmt es eben nicht, dass man sein Leben wegwirft, wenn man so jung ein Baby hat. Das Kind bereichert es. Jedenfalls, wenn man wie ich das Glück hat, einen verantwortungsvollen Partner und die Arbeit direkt zu Hause zu haben. Becky lehrt mir unglaublich viel und gibt mir jeden Tag ein tiefes Glücksgefühl. Natürlich werden wir viel von meinen Eltern unterstützt. Wann immer ich möchte, kann ich mit Chess ausreiten oder trainieren. Und wenn Luke und ich ausgehen wollen, können wir das tun, denn sie freuen sich, wenn sie auf Becky aufpassen dürfen. Allerdings rücken Partys in den Hintergrund, wenn man alles, was man liebt, zu Hause hat. Na gut, nicht ganz alles, denn ich liebe auch meine Freunde. Zwischendurch ist es fantastisch mit ihnen auszugehen, einige Stunden nicht nur Mama zu sein, und mich so zu benehmen, wie es die meisten in meinem Alter tun.

Ich weiß nicht, was passiert wäre, wenn Luke damals nicht beschlossen hätte, zurückzukommen. Die starke, selbstbewusste Frau, die ich jetzt bin, wurde ich erst durch ihn. Jeden Morgen, wenn ich aufwache, weiß ich, was für ein Glück ich habe. Natürlich ist es nicht immer einfach. Wir streiten uns, aber wir vergessen dabei nie, wie sehr wir uns lieben. Am häufigsten diskutieren wir über Becky, weil wir beide das Beste für sie wollen, aber nicht immer genau wissen, was das ist.

Luke und ich haben beide eine Ausbildung im Hotelmanagement absolviert und wollen das Hotel gemeinsam mit meinen Eltern weiterführen.

Sophie befindet sich gerade auf einem Auslandssemester in den Vereinigten Staaten. Sie studiert Architektur und verdreht mit ihrer skandinavischen Schönheit den amerikanischen Studenten die Köpfe. Gerade hat sie einen gut aussehenden Amerikaner namens Cole kennengelernt. Ich bin gespannt, wie lange er und meine lebenslustige Schwester ein Paar bleiben.

Pride ist ein kräftiger, junger Hengst geworden. Luke reitet ihn auf Turnieren und die beiden haben schon viele Schleifen gewonnen. Destiny wird gerade eingeritten, scheint jedoch ebenfalls das Springtalent ihrer Eltern geerbt zu haben.

Den alten Hengststall ließen wir nicht wie ursprünglich geplant abreißen, sondern liebevoll renovieren und etwas erweitern. Er beherbergt unsere Privatpferde.

Wer in Golden Dancers ehemaliger Box steht? Natürlich Chess, mein goldenes Wunderpferd.

Wenn ich mit Luke und Becky an der Koppel stehe und auf unsere Pferde blicke, stelle ich mir vor, wie es gewesen wäre, wenn Emma und Henrik dieses Glück hätten erleben dürfen. Ich bin fest davon überzeugt, dass Luke, Chess und ich an diesen Ort kommen mussten. Vielleicht, weil wir Emma und ihrem geliebten Henrik so ähnlich sind und Chess tatsächlich mit Dancer verwandt ist. Irgendwie konnte Emma Verbindung zu mir aufnehmen und uns helfen, das Rätsel des goldenen Pferdes zu lösen. Wir werden versuchen, den Wunsch von Emma und ihrem Vater zu respektieren. Mindestens ein goldenes Pferd soll hier immer sein Zuhause haben.

Hat dir dieses Buch gefallen?
Ich freue mich aufrichtig über jede Nachricht von
meinen Lesern auf Instagram oder Facebook.
Bis bald!

Instagram: nina_unwritten
Facebook: Christina Straßberger

Weitere Bücher von mir:

Die Legende von Londerry Hall
(auch als E-Book erhältlich)